AF219969

Mutterlüge

Roman

Diana Hübncr

Mutterlüge

Für meine Familie

und zum besonderen Gedenken an unsere liebe
Mutter und Großmutter Hildegard Fabig

*05.12.1922

† 28.06.2018

Auch wenn du jetzt fort bist, bist du überall da, wo
auch wir sind.

Mutterlüge

Die Autorin

Diana Hübner wurde 1974 in Südthüringen geboren und lebt noch immer mit ihrer Familie in ihrem kleinen Heimatdorf in der Nähe des Rennsteiges.

Hauptberuflich ist sie Polizeibeamtin, Ehefrau und Mutter dreier Kinder.

Diana Hübner schrieb bereits in jungen Jahren Geschichten, Gedichte und kleine Theaterstücke und hat sich nunmehr mit ihren Romanen einen Kindheitstraum erfüllt.

Nach den bereits veröffentlichten Romanen „**Traumleuchten**" und „**Seelentrost**" aus dem Jahr 2014, „**Un(d)endlich ich**" und „**Tor zur Vergangenheit**" aus 2015, „**Finde mich!**" aus 2017, ist „**Mutterlüge**" nun das aktuelle Werk der Autorin.

Diana Hübner

Das Leben ist schön, man muss es nur verstehen.

(Herta Heym)

In liebevoller Erinnerung an unsere Oma.

Wir werden dich für immer in unseren Herzen behalten.

Herta Heym

* 14.04.1927

† 23.04.2018

Mutterlüge

Exposé

Lara ist eine lebenslustige junge Frau, ständig auf der Suche, nach ausgefallenen Dingen, nach dem Sinn des Lebens und nach sich selbst. Nachdem sie sich endlich entschieden hatte, auf Wunsch ihrer Eltern ein Jurastudium zu beginnen, stirbt ihre geliebte Großmutter. Sie war der einzige Lichtblick in der traditionellen Tretmühle ihrer Familie, die Besuche bei ihr gaben Lara das wahrhafte Gefühl, zu Hause zu sein. Als sie im Nachlass ihrer Großmutter einen mysteriösen Brief entdeckt, begibt sie sich auf die Suche nach dem Absender und stößt dabei auf ein lang gehütetes Familiengeheimnis, welches ihre gesamte Lebenssituation verändern sollte.

Mutterlüge

10

Prolog

Als Einzelkind zweier erfolgreicher Rechtsanwälte mit eigener Kanzlei gab es natürlich für Lara gar keine andere Möglichkeit, als in die Fußstapfen ihrer Eltern zu treten. Schließlich war es der Plan von Viola und Andreas Mertens, dass ihre Tochter später die Kanzlei übernahm und sie weiterführte. Sie waren sehr darauf bedacht, dass aus Lara etwas Vernünftiges wurde und sie nicht ihrem Naturell entsprechend, nur in den Tag hineinlebte. Sie hatte viel von ihrer Großmutter, ihr Gemüt, ihre Freiheitsliebe und Zwanglosigkeit und die Unfähigkeit, das Leben ernst zu nehmen.

Viola hatte schon in ihrer Kindheit und Jugend nicht viel mit der Einstellung ihrer Mutter Lotti anfangen können. Sie war geradlinig, zielstrebig, wie ihr Vater und stets darauf bedacht, ihre Eltern mit Stolz zu erfüllen. Sie dachte, sie könnte damit die fehlende Liebe kompensieren, die nach ihrem Empfinden nur ihrem großen Bruder zuteil wurde. Im Laufe der Jahre hatte Viola gelernt, damit umzugehen, hatte sich nichts zu Schulden kommen lassen und in Andreas die Liebe gefunden, nach der sie sich als Kind so gesehnt hatte.

Von diesem Moment an zählte für sie nur noch ihre eigene kleine Familie. Sie versuchte, ihre Werte an Lara weiterzugeben, ungeachtet dessen, Laras eigene Persönlichkeit zu erkennen und sie so zu lieben und zu akzeptieren, wie sie war.

Erst als Lotti stirbt, beginnen sich allmählich die beschrittenen Irrwege zu begradigen, die Missverständnisse zu klären und das große Misstrauen in Verständnis umzuwandeln.

1

Noch immer dachte Lara über das Gespräch mit ihrer Großmutter nach, als sie in der Vorlesung saß und der Professor irgendetwas über Handels- und Verwaltungsrecht faselte. Jakob, ihr einziger und bester Freund, hatte sie bereits mehrfach in die Seite geknufft, um sie damit zum Zuhören zu bewegen, aber Lara war in Gedanken noch immer bei Lotti. Sie hatte sie bisher noch nie so nachdenklich erlebt, so in sich gekehrt und ernst. Fast kam es ihr so vor, als würde hinter der Fassade ihrer Großmutter noch eine andere Frau stecken, die eben nicht lebensfroh und lustig, sondern traurig und verletzt war.

Lara musste sich unbedingt mit ihrer Mutter unterhalten und ihr von Lottis Veränderung erzählen, auch wenn sie sich nicht sicher war, ob es eine so gute Idee war. Das Verhältnis zwischen ihrer Großmutter und Viola war nicht das beste. Lotti machte sich mit ihren 86 Jahren noch immer darüber lustig, dass es Viola ständig nur um Leistung und Erfolg zu gehen schien, statt einfach nur das Leben zu genießen. Dinge zu tun, die vielleicht nicht unbedingt gerne gesehen wurden, aber Spaß machten. Nachts laut singend durch die Straßen zu ziehen, zum Beispiel. Oder einfach mal einen Tag bei ihrer Mutter zu verbringen, um mit ihr zu reden, auch wenn sie vielleicht einen wichtigen Termin absagen müsste.

Lara war mit zunehmendem Alter eine Art Mittler zwischen den beiden Frauen geworden und dadurch auch nicht selten in Streitsituationen geraten, die sie nicht verstehen, geschweige denn schlichten konnte. Sie wusste, dass Mutter und Großmutter verschieden waren, sehr verschieden, doch dass es nicht nur ein unbedeutendes Gezanke war, hatte Lara das gestrige Gespräch mit Lotti gezeigt. Es musste Gründe, ernste Gründe dafür geben, warum sich die beiden nicht verstanden.

Als die Vorlesung endlich vorüber war, rief Lara ihre Mutter in der Kanzlei an. Natürlich hatte sie gerade einen Termin und würde in den nächsten 30 Minuten zurückrufen. Zeit genug also, um mit Jakob noch einen Kaffee trinken zu gehen.

„Du hast keinen blassen Schimmer, wovon der Professor vorhin gesprochen hat, oder, Lara?" Jakob sah sie schief lächelnd an und erwartete eigentlich gar keine Antwort.

„Doch, er hat davon gesprochen, wie ein juristisch sicherer und rechtlich richtiger Vertrag zwischen zwei Handelspartnern auszusehen hat", antwortete Lara siegessicher.

Jakob verdrehte die Augen.

„So ähnlich", kommentierte er die knappe Zusammenfassung der zweistündigen Vorlesung, von der Lara wieder einmal nicht viel mitbekommen hatte. „Du gibst mir doch sicher deine Unterlagen, damit ich sie mir kopieren kann? Dann bin ich wieder im Bilde und du musst dir keine Sorgen mehr machen." Lara sah Jakob mit diesem Hundeblick an, dem kein Mann, auch er nicht, widerstehen konnte. Er musste zugeben, wenn er auf Frauen stehen würde, wäre Lara sicher nicht nur seine beste Freundin. Sie war wunderschön, hatte helle, etwas rötlich schimmernde Locken, riesige grüne Augen und einen süßen Schmollmund. Sie war das Ebenbild ihrer Großmutter, die Jakob bereits kennengelernt hatte. Sie musste in jungen Jahren genau so ein Feger gewesen sein wie Lara.

„Du bist unmöglich. Ich weiß nicht, wie du die anstehenden Klausuren jemals schaffen wirst, wenn du so weitermachst, aber bisher hat es mit meiner Hilfe ja wohl auch irgendwie geklappt. Wenn deine Eltern wüssten…" Mit dieser Aussage fing Jakob sich eine Kopfnuss ein, die sich gewaschen hatte. Doch Laras Blick dazu war honigsüß. Es war kein Geheimnis, dass sie sich zu diesem Studium hatte überreden lassen, statt sich für ein Studium der mittelalterlichen Geschichte einzuschreiben und so die Möglichkcit zu haben, historische Stätten, alte Schlösser und außergewöhnliche Museen zu besuchen. Vermutlich was es so das Beste für sie beziehungsweise für ihre Eltern.

Viola rief Lara erst nach einer Stunde zurück und war auch nicht wirklich begeistert, sich am Abend mit ihrer Tochter zusammensetzen zu müssen und sich über Lotti zu unterhalten. Aber nach einigem Bitten gab sie nach.

Lotti lebte trotz ihres hohen Alters noch immer allein in ihrem kleinen Häuschen am Rande der Stadt, nicht weit entfernt von Laras kleiner Wohnung. Viola hatte zwar darauf bestanden, dass Lara während des Studiums zu Hause wohnen blieb, aber die wollte in Lottis Nähe sein. Viola kam nur wenige Male im Monat dazu, ihre Mutter zu besuchen; wenn sie nicht durch die Arbeit eingespannt war, war es die einstündige Autofahrt, die sie oft davon abhielt, den Weg auf sich zu nehmen. Die Besuche beschränkten sich meist sowieso nur auf allgemeines Geplänkel über das Wetter und die schlechter werdenden Zeiten und nicht um Dinge, die die beiden Frauen tatsächlich beschäftigten und zur Sprache kommen sollten.

Da Viola noch in der Stadt zu tun hatte, verabredete sie sich mit Lara zum Abendessen in einem kleinen Lokal. Zu ihrer Freude und Zufriedenheit sah sie ihre Tochter beim Betreten des Lokals bereits am Tisch über ihren Unterlagen sitzen. Hatte sie doch recht behalten, dass das Jurastudium die richtige Entscheidung gewesen war.

„Na, meine Süße, lernst du noch immer? Deine Vorlesungen sind doch längst vorbei." Lara freute sich, als sie ihre Mutter sah und umarmte sie. Sie kommentierte die Frage ihrer Mutter nicht. Sie musste ja nicht wissen, dass sie den Lernstoff nur versuchte irgendwie nachzuarbeiten, um nicht vollkommen ahnungslos in die bevorstehende Klausur zu gehen.

Sie bewunderte immer aufs Neue die elegante Erscheinung ihrer Mutter, die korrekt gestylte Frisur, die ihre dunklen Haare fest nach oben gesteckt festhielt und nicht eine einzige Strähne sich selbst überließ. Ihr schicker Hosenanzug in marineblau, der ihre schlanke Figur betonte, und das natürliche Make-up in ihrem makellosen Gesicht ließen nicht erahnen, dass Viola bereits Mitte 50 war.

Viola wählte einen Salat, natürlich, und Lara bestellte sich einen deftigen Eintopf. Sie liebte deftige Gerichte, die ihr auch Lotti früher so gerne gekocht hatte wenn sie zu Besuch waren, sehr zum Leidwesen ihrer Mutter. Als das Essen gebracht wurde, war es Viola, die auf das Gespräch mit der Großmutter zu sprechen kam.

„Was hat dich denn bei Lotti so beunruhigt, das du es mir unbedingt erzählen musst?", fragte sie, bevor sie sich ein Salatblatt in den Mund schob. Lara überlegte, wie sie ihrer Mutter nahe bringen konnte, dass sie sich wirklich etwas Sorgen um ihre Großmutter machte.

„Ich kann es nicht genau sagen, aber es ist die Art, wie sie mit mir geredet hat. Sie ist ernst geworden, als ich gedankenverloren in ihrem Schmuckkästchen gestöbert habe und eine sehr alte Kette herausgefischt habe. Du hättest sie sehen sollen! Ihre sonst immer so leuchtenden Augen sind plötzlich ganz dunkel geworden, fast so, als würde ihr ein lange vergessener Schmerz durch die Glieder fahren. Sie hat sich neben mich gesetzt, mir mit zitternden Händen die Kette aus der Hand genommen und sie lange angeschaut. Als ich sie immer wieder fragte, was denn mit ihr los sei, hat sie mich mit Tränen verschleiertem Blick angeschaut und gesagt: ,Das, mein liebes Kind, ist eine lange Geschichte. Aber ich glaube, es ist an der Zeit, sie zu erzählen. '"

Viola hatte aufmerksam zugehört. „Was war das für eine Kette?", fragte sie knapp. „ Der Anhänger sieht aus wie ein Talisman. Er ist oval und vergoldet, denke ich. Es ist etwas eingraviert, was ich aber nicht richtig erkennen konnte. Es sah irgendwie aus wie ein Mond, wenn ich mich recht erinnere", antwortete Lara. Violas Gesichtsausdruck verfinsterte sich für einen kurzen Moment, so wie eine plötzlich aufkommende Erinnerung, die sie jedoch schnell wieder von sich zu schieben gedachte.

„Ich kenne diese Kette. Ich habe sie als Kind einmal in die Finger bekommen, als ich heimlich im Schlafzimmer meiner Eltern gestöbert habe." Viola senkte den Blick und legte ihre Serviette zurecht. „Und?", fragte Lara nach. „Ich kann mich nur noch daran erinnern, dass es einen Riesenkrach gab, als mich Lotti damit erwischt hatte. Ich kam stolz damit in die Küche gelaufen und sie hat mich sofort angeschrien, diese Kette abzunehmen, sie zurückzulegen und sie nie wieder anzufassen. Dein Großvater hat mich nur wütend angeschaut, aber nichts dazu gesagt. Ich habe diese Kette nie wieder zu Gesicht bekommen."

„Oh, das tut mir leid, Mama. Das wusste ich nicht. Umso mehr wundert es mich jetzt, dass Großmutter nicht böse auf mich war und stattdessen angedeutet hat, dass es eine Geschichte dazu gibt, die sie offensichtlich loswerden möchte." Eigentlich hatte Lara erwartet, dass ihre Mutter genauso gespannt war wie sie, mehr darüber zu erfahren, stattdessen sagte sie nur: „Ich würde nicht allzu viel darauf geben, was Lotti gesagt oder gemeint hat. Wahrscheinlich ist es nicht so bedeutend und sie kramt nur alte Geschichten heraus. Du weißt, sie ist 86 Jahre alt, es ist also nicht verwunderlich, dass sie langsam beginnt, seltsam zu werden." Damit war das Thema für Viola beendet. Den restlichen Abend verbrachten die beiden damit, sich über das Jurastudium und die Kanzlei zu unterhalten. Ein Thema, welches Lara nicht wirklich in Hochstimmung versetzte, doch sie wusste, wie wichtig es für Viola und auch ihren Vater war.

2

Lara sehnte das Ende der Vorlesung herbei, um endlich zu Lotti gehen zu können. Das Gespräch mit ihrer Mutter am Vorabend hatte ihr nicht weitergeholfen und ihr schon gar nicht die Sorge genommen, dass etwas mit ihrer Großmutter nicht in Ordnung sein könnte. Vielmehr war die Aussage ihrer Mutter ein erneuter Beweis für die nicht funktionierende und ziemlich angespannte Beziehung zu Lotti gewesen. Man konnte nicht sagen, dass die Mutter ihrer Tochter egal war, dennoch war deutlich zu spüren, dass sie sich nicht viel zu sagen hatten und dass es Viola bereits lange aufgegeben hatte, etwas an dieser Situation zu ändern.

Lara fand ihre Großmutter im Sessel sitzend und aus dem Fenster schauend vor. Lotti stand nicht einmal auf, als sie die Tür hörte und sie antwortete auch nicht sofort, als Lara sie begrüßte. Erst ein Kuss auf die Stirn schien sie aus ihrer Lethargie zu holen. Sie strich ihr sanft über die Wange und bat sie mit einem zögerlichen Nicken, sich ihr gegenüber auf die Couch zu setzen. Lara wagte es nicht, etwas zu sagen, denn sie sah, dass Lotti in Gedanken war. Sie öffnete die Hand in ihrem Schoß und betrachtete den Talisman. Immer wieder strich sie vorsichtig darüber, ihre Augen wurden glasig und sie atmete tief ein. Noch bevor Lara etwas sagen konnte, begann ihre Großmutter zu reden:

Es war ein herrlich warmer Samstagmorgen in der Stadt. Der 19. August 1928, ich erinnere mich, als wäre es gestern gewesen. Ich wurde an diesem Tag acht Jahre alt. Ich schaute sehnsüchtig aus dem Fenster und hoffte, dass ich heute von meiner Mutter nicht mehr so viele Aufträge bekam. Sie musste, wie mein Vater auch, noch bis zum Nachmittag arbeiten. Eine Geburtstagsfeier würde es bestimmt nicht geben, aber das war mir egal. Ich würde mich freuen, wenn ich heute etwas Zeit für mich bekam, um hinaus auf die Straße gehen zu können, durch den kleinen Park zu laufen und dann direkt in den angrenzenden Wald. Ich hatte dort vor ein paar Wochen einen kleinen See entdeckt und als ich das letzte Mal da war, habe ich mich gefühlt wie in meinem eigenen kleinen Paradies. Keine Arbeit, keine Schulaufgaben und auch kein kleiner Bruder, um den ich mich kümmern musste. Nicht, dass ich ihn nicht abgöttisch liebte, das tat ich wirklich, aber wenn ich an diesem Waldsee, abseits des Alltags in der Stadt, saß und den Vögeln lauschte, dem Rauschen der Blätter und dem Plätschern des Wassers wenn ein Fisch in die Höhe sprang, war ich in meiner kleinen Welt und einfach glücklich.

Wie auf ein Stichwort begann Johannes zu weinen. Er war also wach. Da meine große Schwester samstags ebenfalls in der Spinnerei arbeitete, musste ich mich um den zweijährigen Knirps kümmern. Als ich in das Zimmer kam, in dem auch meine Eltern schliefen, saß er bereits in seinem Bett und hüpfte, sich mit seinen kleinen Händen an den Gitterstäben festhaltend, auf und ab. Als er mich sah, hellte sich sein Gesicht sofort auf. Seine großen blauen Augen begannen zu leuchten und sein Weinen ging in ein glückliches Jauchzen über. Ich nahm ihn aus dem Bett und sofort schlang er die Arme um mich. „Lotti, Lotti, liebhaben!", flüsterte er mir ins Ohr und für einen kurzen Moment vergaß ich, dass ich unbedingt in mein kleines Paradies gehen wollte. Johannes war ein sehr aufgewecktes Kind. Manchmal redete ich stundenlang mit ihm und hatte wirklich das Gefühl, er würde mich verstehen.

Nachdem ich ihm seinen Brei gefüttert hatte, zog ich ihm die einzige kurze Hose, die er besaß, an und ging mit ihm vor das Haus. Da die Sonne wirklich sehr brannte, setzte ich ihm seine abgetragene Kappe auf und mir meinen Sonnenhut, den ich von meiner Schwester geerbt hatte. Nach ein paar Minuten kamen wir an der winzigen Bäckerei vorbei, die trotz der schwierigen wirtschaftlichen Lage für jede Familie in der Straße jeden Tag ein Brot buk und am Wochenende sogar Kuchen in der Schaufensterauslage zum Verkauf anbot. Johannes blieb unvermittelt stehen und zeigte auf eine lecker aussehende Torte. Ich lächelte ihn an und nahm ihn auf den Arm. Er deutete auf die kleinen Röschen, die den Kuchen zierten, die schmuckvoll gestalteten Sahnehäubchen und die Erdbeerstückchen, die diese Torte zu einem wirklichen Traum machten. Er hätte sehr gerne ein Stückchen gekostet, so wie ich auch, aber es war nicht möglich. Ein Stück von dieser Torte würde sicher so viel kosten, wie die Eltern in einer Woche verdienten. Ich redete auf ihn ein und wischte ihm eine kleine Träne von der Wange, als er begriff, dass wir nicht in den Laden gehen konnten, um uns ein Stück dieser herrlichen Torte zu kaufen. Noch lange schaute Johannes zurück, als wir weitergingen. Er tat mir leid, aber auch er würde verstehen lernen, dass seine Familie nicht zu denen gehörte, die sich alles leisten konnten. Sie mussten hart für ihr Auskommen arbeiten und auch Johannes würde es früher oder später tun müssen.

Als ich mit ihm am Mittag nach Hause kam, ihm den restlichen Brei gefüttert und ihn zu seinem Mittagsschlaf hingelegt hatte, hörte ich die Haustür aufgehen. Schnell wusch ich die Teller ab und und rannte aus der Küche hinaus. Meine Mutter stand mit weit geöffneten Armen vor mir und lächelte. „Alles Liebe zum Geburtstag, mein lieber Schatz", sagte sie und drückte mich fest an sich.

Ich freute mich so! Meine Mutter war früher von der Arbeit zurückgekommen, um den Rest des Tages mit mir

23

zu verbringen. Sie hatte auf dem Heimweg ein Stück Fleisch gekauft, was sonst nur selten vorkam, und versprach mir zur Feier des Tages ein Festessen am Abend. Ich war selig und fühlte mich einfach wunderbar. Es würde also doch eine Feier geben, für mich, mit meiner Familie.

Als meine Mutter die Einkäufe ausräumte, erzählte ich ihr vom Vormittag mit Johannes. Stolz erklärte ich, dass er sich beim Spazierengehen nicht schmutzig gemacht hatte und ganz lieb gewesen sei. Auch die Begebenheit am Schaufenster der Bäckerei ließ ich nicht aus und schwärmte von der Torte, die wir dort im Schaufenster gesehen hatten. Mutter lächelte die ganze Zeit und hörte mir aufmerksam zu. „Ich bin so stolz auf mein kleines Mädchen und wirklich unglaublich froh darüber, wie du dich um Johannes kümmerst. Er kann sich glücklich schätzen, eine so tolle große Schwester zu haben." Sie strich mir über meine Locken und ihre Augen begannen zu glänzen. Fast war es so, als wäre sie glücklich und traurig zugleich. Ich legte meine Hand auf ihre und wollte etwas erwidern, doch dann meinte sie: „Was würdest du dazu sagen, wenn du nachher schnell zur Bäckerei läufst und dir zur Feier des Tages ein Stück dieser himmlischen Torte kaufst?" Ich sah meine Mutter verblüfft an. Das konnte sie nicht ernst meinen. Dafür hatten wir gar kein Geld und ich wollte nicht, dass meine Eltern alles für meinen Geburtstag ausgaben. „Mama", sagte ich, „es ist sehr,

sehr lieb von dir, aber das möchte ich nicht. Wir können uns so etwas nicht leisten." Wieder strich sie mir sanft über die Wange. „Du bist so ein genügsamer kleiner Engel. Aber bitte, ich möchte es gerne. Dann essen wir in der nächsten Woche eben nur Kartoffelsuppe und Brot, aber dafür kann ich meiner Naschkatze zu ihrem Geburtstag eine Freude machen." Aufmunternd wuschelte sie mir durch die Haare, da sie meine Skepsis spürte. „Bist du wirklich sicher? Würde Papa auch bestimmt nichts dagegen haben?" Meine Mutter schüttelte nur den Kopf und gab mir einen Kuss auf die Stirn. Ich war vollkommen aus dem Häuschen. Denn ich liebte Süßes mindestens genauso sehr wie Johannes. „Darf ich Johannes mitnehmen? Er war vorhin so traurig und ich würde so gern seine leuchtenden Augen sehen, wenn wir den Kuchen wirklich kaufen können. Wir teilen auch. Auch mit dir und Papa und Elsa, ja?"

Es dauerte nicht mehr allzu lange, bis Johannes wieder aufwachte. In der Zwischenzeit hatte ich meiner Mutter geholfen aufzuräumen, zu fegen und Teewasser aufzusetzen. Schnell nahm ich Johannes aus dem Bett und zog ihn an. Keine zehn Minuten später standen wir beide in der Küche und lächelten unsere Mutter an. Sie gab uns ein wenig Geld in der Hoffnung, dass es für ein Stück Torte reichen würde.

Wie am Vormittag liefen wir Hand in Hand zur Bäckerei. Als Johannes sie entdeckte, zeigten seine kleinen Wurstfinger sofort ins Schaufenster. „Kuchen, Kuchen!", rief er und ich lachte laut los. „Ja, der Kuchen und jetzt gehen wir ihn kaufen." Johannes sah sich in dem Laden um und war erstaunt, wie viele Dinge es hier gab. Überall roch es angenehm nach frisch Gebackenem. Brot und Brötchen lagen in den Regalen, aber auch Mehl, Eier und Milchkannen mit frischer Milch standen dort. Ich hob Johannes auf den Arm und zeigte ihm, wie er die Klingel auf dem Ladentisch betätigen musste. Er hatte sichtlich Spaß daran und konnte gar nicht mehr aufhören, auf den Knopf zu drücken. Nach einiger Zeit hörte ich Schritte aus dem hinteren Raum in den Laden kommen. Aber es war nicht Frau Lehmann, sondern ein Junge, den ich noch nie gesehen hatte. Er wohnte sicher nicht hier in der Straße, sonst hätte ich ihn bestimmt kennengelernt und er wäre mit mir in der Schule. Ich musterte die schlaksige Figur des Jungen, seine dunkelblonden Haare und seine hellen Augen. Er musste etwas älter sein als ich. Wahrscheinlich hatte ich ihn ein paar Sekunden zu lange angestarrt, denn er begann bis über beide Ohren zu grinsen. Verlegen fragte ich nach Frau Lehmann, damit ich schnell wieder mit Johannes nach Hause gehen könnte. Der Junge antwortete mir mit deutlichem Akzent: „ Tante Agatha ist beschäftigt mit der Kuh, die ein Kalb bekommt. Aber ich kann auch verkaufen, kleine Madam." Verwundert schaute ich den Jungen an. „Pardon, ich bin Jacques. Ich bin zu Besuch aus Frankreich."

Im ersten Moment wusste ich nicht, was ich sagen sollte. Ich erinnere mich noch, wie Johannes auf meinem Arm „Lotti, Lotti, Kuchen!" sagte. Der kleine Kerl hatte recht. Ich sollte mich vielleicht auch vorstellen. „Ich heiße Charlotte, also Lotti und wir möchten gerne ein Stück dieser Torte kaufen." Johannes zog mich wieder zum Schaufenster, als wollte er mir beim Einkauf helfen. Verlegen lächelte ich und ich sah auch Jacques lächeln. „Lotti ist wirklich ein schöner Name", sagte er und schickte sich an, die Torte aus der Auslage zu holen. „Wie viel Stück?", fragte er, als er es tatsächlich geschafft hatte, die Torte, ohne sie fallen zu lassen, auf den Tresen zu stellen. „Nur eins, bitte", meinte ich verlegen. Ich war mir sicher, dass ich nicht einmal genug Geld dafür hatte. Ich legte es auf den Tresen und wieder lächelte mich Jacques an. Es war ein komisches Gefühl, mir wurde warm und kalt zugleich und ich bemerkte, wie ich langsam errötete.

„Das ist Geld genug für drei Stück", meinte Jacques, nicht wirklich überzeugend, aber schon waren sie sorgfältig in Papier eingepackt. „Bist du dir sicher?", fragte ich vorsichtshalber nach. Jetzt lachte er und antwortete: „Ich bin nicht sicher, aber ich verkaufe heute. Oui?"

Lotti lachte bei der Erinnerung an die damalige Situation. Dann schaute sie aus dem Fenster und ihr Blick verriet, wie gerne sie zurückdachte. Lara war nicht sicher, ob sie etwas sagen sollte und damit ihre Großmutter vielleicht unterbrechen würde. Immer wieder strich sie über den Talisman, es war offensichtlich, dass er etwas mit der Geschichte zu tun haben musste. Lotti nahm Lara die Entscheidung ab, etwas sagen zu wollen.

„Bist du so lieb und holst mir ein Glas Wasser?" Lara nickte nur, blieb aber noch einige Augenblicke sitzen. „Du bist ungeduldig, das kommt mir sehr bekannt vor", sagte Lotti lächelnd. Lara sprang sofort auf. Sie war tatsächlich gefesselt von der Erzählung ihrer Großmutter, sie wollte unbedingt noch mehr erfahren. Es war unglaublich interessant, etwas aus ihrem Leben zu hören, was sie bisher nicht wusste. Auch wenn sich Lara noch immer Gedanken darüber machte, weshalb Lotti, nachdem sie die Kette mit dem Talisman gefunden hatte, plötzlich so nachdenklich geworden war. Lara gab ihrer Oma einen Kuss auf die Stirn und holte schnell etwas zum Trinken.

Meine Mutter hatte gekocht. Inzwischen waren mein Vater und meine Schwester von der Arbeit zurück und ich kam freudestrahlend mit Johannes in die Küche. Ich konnte nicht wirklich sagen, worauf sich meine überschwängliche Freude begründete, ich wusste nur, dass es nicht nur an dem Kuchen lag, den wir uns nun alle teilen konnten. Ich hatte sogar vergessen, meine Mutter nach dem Essen zu bitten, an meinem Geburtstag zu dem Waldsee gehen zu dürfen. Stattdessen spielte ich den ganzen Nachmittag mit Johannes, las ihm aus einem abgegriffenen Märchenbuch vor, soweit ich es bereits konnte, half meiner Mutter im Haushalt und fühlte mich einfach wunderbar beschwingt. Als mein Vater am Abend noch einmal in unser Zimmer kam, fand er mich noch immer lächelnd auf meinem schmalen Bett sitzen und aus dem Fenster in die Nacht schauen. Der Mond stand bereits am Himmel, umhüllt von unglaublich vielen leuchtenden Sternen, die ein wunderschönes Licht über die Kleinstadt zauberten. Vater nahm sanft meine Hand und legte etwas hinein. Als ich es anschauen durfte, war ich überwältigt. Es war eine traumhaft schöne Kette mit einem Anhänger, auf dem ein Sichelmond und mehrere Sterne eingraviert waren. Er sagte mir, er habe die Kette als kleiner Junge gefunden und sie lange vergessen. Er wollte, dass ich sie bekomme und sie besser in Ehren halten sollte, als er es getan hatte. Ich war überrascht und überglücklich. Es hätte keinen besseren Moment und kein besseres Geschenk für mich *geben können. Ich glaubte fest daran, dass mir diese Kette Glück bringen würde, mein Leben lang. Vielleicht war es mein kindlicher Leichtsinn oder die Unwissenheit, was einen im Leben alles erwarten würde, die mich daran hinderten, es besser wissen zu können...*

Am nächsten Tag ging ich wieder zur Bäckerei, obwohl ich wusste, dass sonntags geschlossen war. Eigentlich hatte ich vor, zum Waldsee zu laufen, doch irgendwie führte mich mein Weg zuerst dorthin. Ich war zwar erst acht Jahre alt, aber ich war ziemlich durcheinander wegen Jacques. Er hatte mir gefallen, wie er aussah, wie er redete, wie er mich behandelte. Niemals hätte einer der Jungs aus der Schule mir so einen wahnsinnig tollen Gefallen getan und mir Kuchen geschenkt. Oder irgendetwas anderes. Und jetzt hoffte ich, ihn zu sehen. Ich habe es nicht erwartet und wollte auch nicht länger als nötig vor dem Gebäude herumlungern, deshalb lief ich mit gesenktem Kopf in Richtung Park...direkt in Jacques hinein. Er stand plötzlich vor mir und ich wusste nicht, ob ich mich freuen oder erschrocken und empört sein sollte. Stattdessen war ich einfach nur sehr verlegen. Ich wusste nicht, wie ich mit mir und meinen neuen Gefühlen umgehen sollte. Aber Jacques nahm mir diese Entscheidung wie selbstverständlich ab. „ Darf ich dich ein Stück begleiten? Ich habe ein wenig, wie sagt man, Langeweile? "

„Langeweile, ja", antwortete ich automatisch und bemerkte erst jetzt, dass wir bereits nebeneinander hergingen. Es war ein wunderbar warmer Tag, die Vögel zwitscherten munter um die Wette und es machte mir nicht einmal etwas aus, dass mein zu langes Kleid auf der staubigen Straße schleifte. Wir redeten miteinander, als wäre es normal, dass ein älterer Junge mit einem Mädchen wie mir sprach. Jacques war so anders. Er erzählte mir, dass er in Frankreich geboren wurde und so oft wie möglich seine Tante in Deutschland besuchen kam. Es gefiel ihm in Frankreich, aber er liebte auch das Heimatland seiner Eltern. Die Schwester von Frau Lehmann und ihr Mann waren vor einigen Jahren nach Toulon gegangen, um dort neu anzufangen. Das Leben in Deutschland kurz nach dem ersten Weltkrieg war schwierig geworden und so versuchten sie es in Frankreich. Jacques wurde geboren, als die Familie gerade ein paar Tage in der neuen Heimat war. Er hatte keine Geschwister und mittlerweile lebten sie sogar in einem kleinen Haus. Die Eltern hatten eine gute Arbeit und so hatte Familie Weber aus Deutschland im schönen Toulon an der Küste Südfrankreichs ein gutes Auskommen. Doch irgendwann wollten sie nach Deutschland zurückkehren. Inzwischen waren Jacques und ich an meinem kleinen See angekommen. Ich hatte nicht darüber nachgedacht, wohin wir gingen, aber es fühlte sich gut und richtig an, ihm mein kleines Paradies zu zeigen. Wir setzten uns ins Gras und schauten auf das Wasser. Keiner von uns beiden sprach für eine ganze Weile. Stattdessen sogen wir alles auf, was wir sahen und fühlten. Innerhalb nur weniger Stunden entwickelte sich zwischen Jacques und mir eine tiefe Freundschaft, wie ich sie mir nie hatte vorstellen können und wie ich sie auch nie wieder erfahren sollte.

Wir gingen in diesem Sommer oft an den See. Meist redeten wir nicht und wenn wir es doch taten, erzählte mir Jacques von Frankreich. Wie schön es war, wie ruhig und friedlich. Wir schauten den Enten zu, die sich im Wasser tummelten, beobachteten die Fische, die ab und zu an die Oberfläche kamen und dabei kleine Wellen ans Ufer schickten. Doch der Sommer ging vorbei. Am Abend, bevor sich Jacques das erste Mal von mir verabschiedete, klopfte er an unsere Tür. Wir saßen am Tisch und aßen dünne Suppe und Brot. Mein Vater öffnete und als ich ihn sah, blieb für einen Augenblick mein junges Herz stehen. Jacques bat darum, mich sprechen zu dürfen. Ich durfte mit ihm hinausgehen. Da stand er. Sein Blick war traurig und ich spürte, wie es meine Kehle langsam zuschnürte. Er sagte nichts, aber er gab mir ein Blatt Papier. Ich faltete es vorsichtig auf und sah ihm dabei immer wieder in die Augen.

Jacques hatte etwas gezeichnet. Nicht irgendetwas, sondern mein kleines Paradies. Unser kleines Paradies. Es sah wunderschön aus und obwohl es eine

Bleistiftzeichnung war, konnte ich mir die dazugehörigen Farben lebhaft vorstellen. Ich versank in der Zeichnung, die uns beide am Ufer des Sees zeigte und wurde wehmütig. Denn die farblose Zeichnung ließ erahnen, dass etwas zu Ende ging. Die Zeit am See, der Sommer...langsam verblassten die Farben in meinem Kopf und hinterließen einen sehnsüchtigen Schmerz. Ich wusste, dass er gehen musste, und Jacques wusste, dass ich es wusste. Er zeigte auf die Rückseite des Bildes, auf der eine Anschrift stand. „Bitte schreibe mir. Ich werde im nächsten Sommer wiederkommen. Au revoir!" Mit diesen Worten drehte er sich um und ging.

Ich kann mich bis heute daran erinnern, wie schlimm dieser Abschied für mich war. Es tat weh, ihn nicht mehr zu sehen, es tat weh, ihm nicht mehr zuhören und mit ihm schweigen zu können und nicht mehr mit ihm den Geräuschen der Natur zu lauschen. Und es tat weh, nicht mehr mit ihm in die Zukunft zu schweifen, wenn wir erwachsen wären. Es vergingen viele Tage und Nächte, in denen ich mir immer wieder das Bild anschaute und leise weinte.

Doch langsam wurde es besser. Damals wusste ich noch nicht, dass ich mich verliebt hatte, so jung ich auch noch war. Irgendwann begann ich, Jacques einen Brief zu schreiben. Auf Französisch. Es dauerte sehr lange, bis er fertig war, und ich musste immer wieder meine Schwester um Hilfe bitten, denn ich konnte noch nicht alle Wörter richtig schreiben. Ich schrieb ihm, wie der Herbst Einzug gehalten hatte und sich alles veränderte. Ich beschrieb ihm die herrlichen Farben, die am See zu sehen waren. Ich schrieb ihm auch, dass ich oft mit Johannes am See war und ihm alles erzählte und zeigte, was es zu sehen gab. Und ich schrieb ihm, dass ich mich sehr über das Bild gefreut habe und es jetzt über meinem Bett hing. Aber ich schrieb ihm nicht, dass ich immer noch so ein schmerzliches Gefühl in meinem Brustkorb verspürte, wenn ich nicht durch Schule und Hausarbeit abgelenkt war und an ihn dachte. Ich war so aufgeregt, als ich den Brief schließlich bei der Post aufgab und ich kann mich noch ganz genau an den freundlichen Mann erinnern, der den Brief entgegennahm. Ich hatte von meiner Mutter ein paar Pfennige für die Marke bekommen, doch der Mann meinte, es würde nicht so viel kosten, den Brief nach Frankreich zu schicken und ich solle das Geld für spätere Briefe sparen. Er hat mich angelächelt, mir über den Kopf gestreichelt und gesagt: „Manchmal bleiben uns nur die Briefe, um uns mit lieben Menschen auszutauschen und uns an sie zu erinnern." Erst viel später wurde mir bewusst, was er damit gemeint hatte.

Ich wartete jeden Tag auf eine Nachricht von Jacques, aber es sollte Frühling werden, bis ich den ersten Brief von ihm bekam. Es klopfte am späten Nachmittag an unserer Tür. Ich beschäftigte mich gerade damit, Johannes' Hose auszuwaschen. Der freundliche Mann vom Postamt stand vor mir, übergab mir den Brief und *lächelte bis über beide Ohren: „Ich wollte es mir nicht nehmen lassen, ihn dir persönlich zu überbringen. Er kommt aus Frankreich und war sicher eine Weile unterwegs."*

Mir blieb vor Freude die Stimme weg und ich konnte nur nicken und zum Abschied winken. Schnell rannte ich zurück zu meinem Bruder, der noch immer ohne Hose dasaß und sich mit seinem kleinen Holzauto beschäftigte. Vater hatte es ihm geschnitzt und Johannes liebte es. Ich war versucht, den Umschlag sofort aufzureißen, doch dann hielt ich inne. Vielleicht sollte ich ihn mir bis zum Abend aufheben. Ich hatte Mühe, noch zu warten. Ich wollte eigentlich auch allen in meiner Familie davon erzählen, aber dann behielt ich es doch für mich. Der Brief gehörte nur mir. Er war wie ein Schatz für mich. Nur Elsa würde ich davon erzählen, weil sie mir geholfen hatte, meinen Brief an Jacques zu schreiben. Vielleicht konnte ich aber auch nicht alles lesen, obwohl ich schon sehr viel gelernt hatte.

Endlich war es Abend und ich setzte mich auf mein Bett. Der Mond stand hell am Himmel, sodass ich nicht einmal eine Kerze brauchte. Ich hielt meinen Schatz in der Hand, wog ihn hin und her und besah ihn mir von allen Seiten. Es sah aus, als sei der Brief einige Wochen oder sogar Monate unterwegs gewesen. Fast hatte ich Angst, ihn zu öffnen. Angst, ihn kaputt zu machen und Angst davor, was darin stehen könnte. Vielleicht ging es

Jacques nicht so wie mir, vielleicht sah er in mir nur das kleine Mädchen aus seiner ehemaligen Heimatstadt, mit der er lediglich ein paar schöne Tage im letzten Sommer verbracht hatte. Doch hätte er sich sonst die Mühe gemacht, mir zu schreiben? Hätte er mir sonst zum Abschied dieses Bild gemalt, auf dem wir beide am kleinen See zu sehen waren? Ich schaute es mir im Schein des Mondes an, lächelte und öffnete den Brief.

Was soll ich sagen, mein junges Herz hüpfte vor Freude, als ich die ersten Zeilen las. „Meine liebe Lotti…" Seine Handschrift war wunderschön und auch hier hatte er hinter jeden Abschnitt entweder eine Blume, einen Baum oder einen kleinen Vogel gezeichnet. Ich war selig, als ich las, dass es ihm gut ging und er mit seinen Eltern gut zurechtkam. Er hatte im vergangenen Herbst nach der Schule bei der Ernte geholfen und so seine Familie unterstützen können. Er schrieb auch, dass er oft an mich dachte und sich darauf freute, mich bald wiederzusehen. Ich las darüber, wie er mit seinem Freund Hugo, nachdem die Ernte eingefahren war, mit dem Pferdekarren im Graben stecken geblieben war und sie die Hälfte der Ladung verloren hatten. Die beiden Jungs hatten alle Kartoffeln wieder aufgesammelt, als sie den Karren eigenhändig wieder flott gemacht und keiner der Erwachsenen etwas von dem kleinen Unfall bemerkt hatten. Ich konnte mir beim Lesen lebhaft vorstellen, wie sich die beiden abgemüht haben mussten und wie viel Spaß sie trotz allem dabei gehabt hatten. Ich verlor mich regelrecht in Jacques' Zeilen, die sich für mich anfühlten wie eine Geschichte, zu der ich irgendwie dazugehörte. Der Brief endete mit den Worten: „Auf ein baldiges Wiedersehen an unserem See, Dein Jacques". Ich drückte den Brief an mein Herz und weinte Tränen des Glücks und der Rührung, bis ich schließlich in einen traumreichen Schlaf fiel.

3

Lotti schaute schweigend aus dem Fenster. Ihr Gesichtsausdruck, der gerade noch vor Freude und Glück gestrahlt hatte, wurde plötzlich ernster. Lara war unsicher, ob sie ihre Großmutter ansprechen oder sie lieber bei ihren Gedanken lassen sollte. Vorsichtig strich ihr Lotti dann über den Arm. Sie nahm Laras Hand und hielt sie fest. Noch immer mit den Gedanken in der Vergangenheit versunken, legte sie ihren Kopf zur Seite, sah Lara an und gab ihr einen Kuss auf die Hand.

„Ich bin etwas müde, meine Kleine. Vielleicht sollten wir morgen weiterreden, was meinst du?" Unschlüssig und neugierig war Lara versucht, Lotti zu überzeugen, doch weiterzureden, aber natürlich würde sie sie nicht dazu drängen. „Wenn du müde bist, reden wir selbstverständlich morgen weiter. Aber darf ich dich noch etwas fragen?" Ihre Großmutter lächelte verständnisvoll und nickte. „Hast du Jacques je wiedergesehen?"

Jetzt prustete Lotti laut los. „Woher wusste ich wohl, dass du mich das fragst? Du möchtest sicher, bevor ich einschlafe, noch alle wichtigen Informationen haben, weil du nicht bis morgen warten kannst, stimmt's?" Schuldbewusst grinsend legte Lara den Kopf auf den Schoß ihrer Großmutter. „Stimmt", sagte sie lächelnd.

Ja, ich habe ihn wiedergesehen. Im Sommer. Als ich von meiner Mutter wieder zum Bäcker geschickt wurde, um das Brot für die Woche abzuholen, traute ich meinen Augen nicht. Ich habe erst gar nicht mitbekommen, wer mich bediente, da ich verzweifelt die vielen Pfennige in meiner Tasche zusammenkramte. Ich befürchtete schon, etwas von dem Geld auf dem Weg verloren zu haben, doch als ich alles zusammengezählt hatte, schaute ich erleichtert auf und wollte es Frau Lehmann geben. In wessen freundliche blaue Augen ich aber dann blickte, ließ mir das Herz höher schlagen. Jacques stand lächelnd neben seiner Tante, als hätte er nur auf mich gewartet und musterte mich amüsiert. Er war älter geworden und irgendwie schien er mir plötzlich so erwachsen. Ich weiß nicht mehr, wie lange ich ihn angestarrt habe, bis ich endlich in der Lage war, ihn mit einem glücklichen Lächeln zu begrüßen. Zitternd legte ich das Geld in die Schale auf dem Tresen, als Jacques zu mir nach vorne kam und mich einfach so hochhob und in der Luft herumwirbelte. Es war so unerwartet und gleichzeitig so wunderbar, dass ich es einfach zuließ und genoss. Er war wieder da! Und der Sommer würde wunderbar werden! Ich konnte es kaum erwarten, mit ihm an den See zu gehen, seine Geschichten aus seinem neuen Heimatdorf in Frankreich zu hören und ihm all die Dinge zu erzählen, die mir in den letzten Monaten geschehen waren.

Nachdem wir uns noch eine Weile unterhalten hatten, lief ich hüpfend und springend vor Glück nach Hause und auch die mahnenden Worte meiner Mutter, dass ich zu spät kam, konnten meine Euphorie nicht trüben. Ich erledigte alle Arbeit mit Begeisterung und einer Leichtigkeit, dass selbst meine Mutter verwundert über meinen Eifer war. Als ich ihr erzählte, dass Jacques wieder zu Besuch war, lächelte sie mich verständnisvoll an. Sie kannte ihn und war glücklich darüber, dass ich mich gut mit ihm verstand und Zeit mit ihm verbrachte. Ich war ihr so dankbar, mit ihr über alles reden und auf ihren Rat vertrauen zu können. Sie behandelte mich nicht wie ein kleines Mädchen, sondern wie eine Heranwachsende.

Jacques und ich sahen uns fast jeden Tag. Es war einfach wunderbar, so viel Zeit mit ihm zu verbringen. Von den anderen Kindern wurden wir belächelt und als Paar verspottet, aber das war uns gleichgültig. Wir sagten uns, dass sie nur neidisch waren und sich lieber ihren kindlichen Streichen widmeten, als ihre Zeit sinnvoll zu verbringen.

Mit Vorliebe erzählte mir Jacques von seinem Freund Hugo. Für mich fühlte es sich so an, als wäre ich in seinen Geschichten gefangen und nicht nur Zuhörer. Er war ein wunderbarer Erzähler und immer, wenn er von Hugo und ihren gemeinsamen Erlebnissen sprach, leuchteten seine Augen auf und man spürte, wie sehr er ihn mochte. Manchmal hatte ich das Gefühl, Jacques sah in mir nicht mehr als eine kleine Schwester, doch diese traurigen Gedanken fegte er jedes Mal dadurch beiseite, wenn er mich am Ende des Tages in den Arm nahm und erwartungsvoll fragte: „Sehen wir uns morgen?"

Der Sommer verging und wir nahmen wieder Abschied voneinander. Doch diesmal tat es nicht mehr so weh. Ich wusste, wir würden uns wiedersehen und diese Hoffnung brachte mich durch die dunkle Jahreszeit, die oft sehr hart war für unsere Familie. Dennoch wurde es in jedem Jahr besser, als es Frühling wurde, denn nicht nur die Natur erwachte wieder zum Leben, auch mein Herz schlug schneller vor Freude auf unser Wiedersehen. Auch die kommenden beiden Sommer hielt Jacques sein Versprechen wiederzukommen. Wir waren älter geworden und unterhielten uns nicht mehr nur über unsere Erlebnisse, sondern auch immer öfter über die zunehmend ernster werdende politische Situation in Deutschland.

Der Sommer 1932 sollte unser letzter gemeinsamer Sommer werden. Wir gingen durch den Park, als

Jacques plötzlich innehielt und meine Hand nahm. „Ich mache mir Sorgen, Lotti, große Sorgen. Wenn dieser Hitler es wirklich schaffen sollte, an die Macht zu kommen, werde ich mit meiner Familie nicht mehr nach Deutschland kommen können." Verwundert sah ich ihn an. Ich wusste, was er meinte, wir hatten oft darüber geredet, doch ich wollte es nicht wahrhaben. Manchmal dachte ich auch darüber nach, dass es vielleicht viele Vorteile für das Land brächte, wenn Hitler regieren würde. Er versprach den Leuten in seinen Reden Arbeit und dadurch mehr als genug Geld, um ein anständiges Leben führen zu können. Besser, als es bisher gewesen war. Ich hatte oft meinem Vater zugehört, wenn er sich zu Hause mit seinen Freunden unterhielt. Er war Hitlers Partei beigetreten und vertrat für meine Begriffe zu extrem dessen Vorstellungen. Denn auch ich hatte gehört, auf welchen Ideen Hitlers Anstrengungen basierten. Sein Fremdenhass war beängstigend und für mich in keinster Weise nachvollziehbar. Selbst mein Vater konnte mir nicht erklären, warum man mit einem Mal andere Religionen und vor allem die Juden hassen und für die Missstände in Deutschland verantwortlich machen sollte. Er wurde laut und drohte mir sogar Schläge an, wenn ich nicht meinen Mund hielte. Einer Frau oder vielmehr einem Kind stand eine Meinung nicht zu. Auch meine Mutter distanzierte sich von ihm. Doch entgegen ihrer Überzeugung brachte sie auch meine Schwester und mich dazu, nicht gegen den Vater zu sprechen. Schließlich versuche er nur, seine Familie gut durchzubringen. Selbst Johannes, der mittlerweile sechs Jahre alt war, entzog sich oft den Fängen unseres Vater, wenn dieser ihn vor seinen Parteifreunden als zukünftigen treuen Anhänger Hitlers präsentierte, wenn dieser Deutschland endlich regieren würde. Vater wurde uns allen fremd.

„Aber Jacques, warum solltet ihr nicht mehr nach Deutschland kommen können? Das kann doch nichts mit uns zu tun haben?" Meine Stimme zitterte und meine Augen füllten sich mit Tränen.

„Lotti, wir sind Juden." Allein dieser Satz versetzte mir einen Stich. Nicht die Tatsache an sich, sondern die Auswirkungen für uns.

„Aber, Jacques, du lebst mit deiner Familie in Frankreich. Ihr habt doch nichts zu befürchten? Ihr schadet doch niemandem? Schon gar nicht, wenn ihr nur zu Besuch kommt?"

Jacques setzte sich mit mir auf den Boden.

„Wir beide wissen das, viele wissen das, aber wenn unsere schlimmsten Befürchtungen wahr werden, sehen wir uns vielleicht nicht mehr so oft." Auch Jacques′ Augen füllten sich mit Tränen.

„Wir fahren in drei Tagen zurück. Bitte versprich mir, dass wir jede Minute nutzen." Ich wusste nicht, was ich

43

antworten sollte. Ich tat nichts lieber als das, doch die Angst schnürte mir die Kehle zu. Ich merkte jede Sekunde mehr, wie wichtig mir dieser Junge geworden war, wie sehr ich seine Gesellschaft genoss, wie sehr ich ihn inzwischen lieb gewonnen hatte. Niemand durfte ihn mir nehmen. Schon gar nicht dieser elende Hitler. "

Lottis Stimme war brüchig geworden. Tränen liefen über ihre Wangen. Lara nahm sie in den Arm und spürte nach all den Jahren noch immer ihren Schmerz. Nach wenigen Minuten hellte sich ihre Miene auf. Sie streichelte über die Wange ihrer Enkeltochter, sah aus dem Fenster und redete weiter.

Statt Jacques zu antworten, sah ich ihn nur an. Es war plötzlich wie Magie. Um uns herum war mit einem Mal alles still. Selbst die Vögel waren nicht mehr zu hören. Einzig wir beide schienen in diesem Moment auf der Welt zu sein. Es kam mir so vor, als ob alles bunter wurde, Farben, die ich so noch nie gesehen hatte. Fast schien es so, als würde Jacques immer weiter auf mich zukommen. Meine Augen wurden immer größer, während sich seine langsam schlossen.

Mit einem Mal durchfuhr mich ein heißer Schauer, der sich in meinem ganzen Körper ausbreitete. Und plötzlich spürte ich, was der Grund dafür war. Jacques' Lippen berührten meine, ganz zaghaft und vorsichtig, zitternd und verängstigt. Ich fühlte seine Wärme und sein großes Herz in seinem jugendlichen Körper, seine Angst und seine Sehnsucht nach Frieden und Liebe, nach Zusammenhalt und Freundschaft, nach Freiheit und Heimat. Das Gefühl ließ mich auch nicht los, als Jacques seine Lippen von meinen löste. Wir schauten uns lange in die Augen, bis unsere Verwirrung in Lachen überging. Ein Lachen, das gleichzeitig befreiend und ermutigend war und uns über die befremdliche Situation hinweghalf, aber auch bestätigte, dass unser kleines gemeinsames Glück genau das war, was wir wollten und brauchten.

An diesem Nachmittag gingen wir zum ersten Mal Hand in Hand nach Hause und es war uns egal, ob uns jemand sah. Die letzten beiden Tage in diesem Sommer waren die schönsten meines Lebens. Wir verbrachten sie zusammen, von früh bis spät. Gingen an unseren See, starrten schweigend auf das Wasser und lauschten unseren jungen Herzen. Am letzten Tag zog mich Jacques plötzlich hoch und mit sich ins Wasser. So, wie wir waren, tobten, tauchten und schwammen wir gemeinsam im See. Es war einfach wundervoll. Immer wieder umfingen mich seine Arme und ich wollte mich nicht aus ihnen befreien. Nie wieder. Als wir am Abend zurückkamen, bat ich ihn, noch kurz vor meiner Haustür zu warten. Ich sprang nach oben, zog die Schatulle unter meiner Pritsche hervor und nahm die Kette mit dem Amulett heraus. Als ich wieder die Treppe hinunterlief, ignorierte ich das Rufen meines Vaters, aus Angst, Jacques würde nicht auf mich warten. Doch er stand noch immer an der Straße und erwartete mich. Ein Lächeln huschte über sein Gesicht, als er mich sah. „Warum lachst du?", fragte ich, als ich vor ihm stand. „Du bist nass, deine Haare, dein Kleid..."

„Du auch!", bemerkte ich grinsend. Als er etwas sagen wollte, nahm ich seine Hand, öffnete vorsichtig seine Finger und legte die Kette hinein. Als mich Jacques fragend ansah, sagte ich: „Sie ist mein wertvollster Besitz und ich möchte, dass sie dich beschützt. Immer, wenn du sie betrachtest und zum Mond hinaufschaust, denke ich an dich und bin bei dir. Der Mond leuchtet für uns beide, hier in Deutschland und in deiner Heimat Frankreich. So werden wir immer zusammen sein, auch wenn uns so viele Kilometer trennen. Und sie soll ein Symbol der Hoffnung sein, dass wir uns wiedersehen." Jacques antwortete nicht und erst, als er versuchte, etwas zu sagen, bemerkte ich, dass er mit den Tränen kämpfte.

„Merci", war seine Antwort, bevor er mich in den Arm nahm und für Minuten nicht losließ. Zumindest fühlte es sich für mich genauso an. Als wir uns aus der Umarmung lösten, nahm er die Kette und legte sie sich um. Er sah sie sich noch einmal an, bevor er mein Gesicht in beide Hände nahm und mich erneut küsste. Diesmal war es nicht zögerlich, nicht ängstlich, sondern sicher und voller Zuversicht. „Wir sehen uns wieder, das verspreche ich dir!"

Nun starrte Lotti nur noch vor sich hin. Es war nicht zu deuten, ob sie nachdachte, weiterreden wollte, oder ob sie einfach nur zu müde war. Lara strich ihrer Großmutter versonnen über die Wange und als die sich ihr zuwandte, sah Lara die Tränen in ihren Augen. Sie wusste nicht, ob sie etwas sagen oder fragen sollte, denn sie spürte, wie Lotti mit ihren Gefühlen und ihrer Vergangenheit kämpfte. Lara nahm sie in den Arm und fühlte dabei, wie schnell das Herz ihrer Großmutter unter leisen Seufzern schlug. Schließlich sprach sie zögerlich weiter.

„Ich habe bisher nie mit jemandem darüber geredet, was damals passiert ist, nicht, wie mein Leben weiterging. Es tut gut, sich daran zu erinnern und das aufzuarbeiten, was wir alle durchmachen mussten. Nie hätte ich vermutet, dass es mich nach all den vielen Jahren dennoch so schmerzt. Doch ich weiß jetzt, dass es endlich an der Zeit ist, alles zu erklären."

Lara schaute ihre Großmutter verwundert an. Schon während ihrer Erzählung hatte sie des Öfteren das Gefühl gehabt, dass es sich nicht nur um eine Geschichte aus Lottis Jugend handelte, sondern dass es viel mehr bedeutete.

Lotti lächelte ihre Enkeltochter an und strich ihr sanft über die Wange. „Es war sicher kein Zufall, dass du die Kette mit dem Amulett gefunden hast. Das Schicksal fordert seinen Tribut, ich habe viel zu lange geschwiegen und damit vielleicht viel Unglück über unsere Familie gebracht. Aber, mein Schatz, ich muss mich jetzt ein wenig ausruhen. Wir reden morgen weiter, ja?"

„Natürlich", antwortete Lara leise. „Soll ich nicht noch ein wenig bei dir bleiben?" Es widerstrebte ihr, ihre Großmutter in diesem Zustand allein zu lassen. Sie machte sich Sorgen und wollte bei ihr sein, auch wenn sie schlief. Lotti jedoch bestand darauf, ihre Ruhe zu haben. Mit einem Augenzwinkern jagte sie Lara regelrecht aus der Wohnung. Das wiederum baute diese ein bisschen auf und sie lächelte beruhigt. Als sie die Tür hinter sich schließen wollte, rief Lotti ihr noch einmal nach. Lara kam sofort zurück und fragte, ob sie noch etwas tun konnte.

„Bitte sage deiner Mutter, dass ich sie von Herzen liebe und es immer getan habe." Laras Herz setzte für einen Augenblick aus und sie wurde den ganzen Abend und die Nacht hindurch das Gefühl nicht los, dass sie gerade erst im Begriff war, ihre Großmutter richtig kennenzulernen.

4

Der Tag wollte einfach nicht vergehen. Die Vorlesung zog sich unendlich hin und Lara hatte nicht die geringste Ahnung, wovon der Professor sprach. Immer wieder gingen ihre Gedanken zurück zu ihrer Großmutter, zu ihrer Geschichte und der Faszination, die sie damit verband. Ihre Neugier ließ ihr keine Ruhe und auch die Tatsache, dass Lotti am Morgen nicht ans Telefon gegangen war. Umso erleichterter war Lara, als sie nach dem Ende der Vorlesung von Jakob erfuhr, dass der nächste Vortrag ausfallen sollte.

„Lass uns doch die Zeit nutzen, um einen Kaffee zu trinken", schlug Jakob vor. „Ich möchte dir gerne etwas erzählen. Ich habe da gestern einen ganz netten Typen kennengelernt." Sein vielversprechendes Grinsen verriet Lara, dass Jakobs müde Augen sicher nicht daher kamen, dass er die ganze Nacht gelernt hatte.

„Mein lieber Schatz, eigentlich gerne, aber ich möchte lieber sofort zu Lotti. Ich habe gestern lange mit ihr geredet und ich mache mir ein bisschen Sorgen. Plötzlich erzählt sie von früher und ich bin einfach zu gespannt darauf, wie ihre Geschichte weitergeht und aus welchem Grund sie sie mir erzählt. Ich habe eine Kette bei ihr gefunden und offensichtlich hat die ihre Erinnerungen geweckt." Etwas enttäuscht nickte Jakob nur und wandte sich gerade zum Gehen, als Laras Handy klingelte. „Es ist Oma, endlich. Bitte warte kurz, ja?"

„Oma, geht es dir gut? Ich habe dich heute Morgen nicht erreicht. Ist alles in Ordnung?" Als keine Antwort kam, fragte Lara erneut:

„Oma? Bitte sage doch etwas. Ist alles gut? Kannst du mich hören?" Als noch immer keine Antwort kam, überkam Lara ein seltsames Gefühl. Auch Jakob sah seiner Freundin an, dass sie sich große Sorgen machte.

„Sie meldet sich nicht, Jakob, vielleicht hat sie nur einfach aus Versehen die Lautstärke am Telefon verstellt oder es ist etwas passiert." Lara lief zu ihrem Fahrrad und war im Begriff aufzulegen, als sie plötzlich ganz leise die Stimme ihrer Mutter am Telefon hörte. Entsetzt drehte sie sich zu Jakob um.

„Mama? Du bist bei Oma? Warum?" Es musste etwas Schlimmes passiert sein. Um diese Zeit war ihre Mutter noch nie bei Lotti gewesen, sondern in der Kanzlei. Lara wurde schwindelig und sie fasste nach Jakobs Arm.

„Lara, es tut mir sehr leid. Bitte komme so schnell wie möglich vorbei. Ich schaffe das nicht allein", hörte sie ihre Mutter sagen, doch begreifen konnte sie ihre Worte nicht.

„Was tut dir leid, Mama? Was schaffst du nicht allein?", schrie sie ins Telefon, doch erst als Jakob ihr das Handy vorsichtig aus der Hand nahm, realisierte sie, dass ihre Mutter längst aufgelegt hatte. Lara wollte die Gedanken nicht zulassen, die ihren Verstand plötzlich einnahmen…

*

Lotti saß in ihrem Sessel. So wie gestern, als Lara gegangen war. Sie hatte die Augen geschlossen und lächelte friedlich. Die vielen Leute, die in ihrem kleinen Wohnzimmer hektisch um sie herumschwirrten, bemerkte sie nicht mehr. Auch nicht, dass Lara auf sie zustürzte, sie förmlich anschrie aufzuwachen und ihr immer wieder über das gealterte und doch so liebreizende Gesicht strich. Sie fasste nach ihren Händen, die noch immer warm, aber kraftlos waren.

Lara sah ihre Mutter völlig entsetzt an, die auf der Couch saß und mit den Tränen kämpfte. Viola schüttelte nur den Kopf, sie war nicht in der Lage, mit ihrer Tochter zu reden.

Jemand zog Lara von ihrer Großmutter weg. Langsam löste sie ihre Hand aus deren leblosen Händen, in denen noch immer die Kette lag. Lara nahm sie an sich. Doch sie konnte ihren Blick nicht abwenden. Selbst als sie auf einem Stuhl in der angrenzenden Küche saß, sah sie ihre Großmutter noch an, ihre Kette fest umschlossen.

Wie entspannt und friedlich sie aussah, nichts an ihrem Gesichtsausdruck ließ vermuten, was sie in ihrem langen Leben hatte durchmachen müssen. Und nur sehr wenig davon hatte Lara erfahren. Lotti war doch gerade erst im Begriff gewesen, ihr all das zu erzählen, was sie erlebt hatte, was sie bedrückte und was sie glücklich gemacht hatte… Lara war nicht in der Lage zu verstehen, was geschehen war. Ihr Gefühl ließ nicht zu, was ihr Verstand längst begriffen hatte.

„Lara, es tut mir sehr leid. Lotti war eine wundervolle alte Dame und ich weiß, wie schwer es für dich ist, sie gehen zu lassen. Sie ist friedlich eingeschlafen." Sie kannte die Stimme des Mannes, der vor ihr stand. Es war der Pfarrer ihrer kleinen Stadt, der auch den Gottesdienst zu Laras Konfirmation gehalten hatte. Er war oft bei Lotti gewesen, um mit ihr zu reden und ihr Gesellschaft zu leisten. Sie wandte sich ihm zu, doch sie konnte nicht antworten. Sie fand keine Worte, die die unglaubliche Leere in ihrem Körper hätten ausdrücken können. Nie zuvor hatte sie so viel und gleichzeitig so wenig gefühlt. Viola kam auf sie zu, so zerbrechlich hatte Lara sie nie gesehen. All ihr Glanz war verflogen, sie sah nicht mehr aus wie die elegante und souveräne Anwältin, die sie sonst war. Als sie ihre Arme nach Lara ausstreckte, fielen sich die Frauen weinend in die Arme. Auch Laras Vater war auf einmal da und schloss sich der Umarmung an. Es war ein behütetes und wunderbares Gefühl der Zusammengehörigkeit und tiefen Liebe, etwas, das sehr selten geworden und dennoch in dieser Zeit des schweren Verlustes stärker denn je war.

*

Es war ein wunderschöner Spätsommertag, als Lotti zu Grabe getragen wurde. Die Sonne schien durch die dichten Bäume hindurch und hüllte alles in ein wunderbar warmes Licht. Die Vögel sangen, als würden sie es nur für sie tun. Lara spürte trotz ihres Schmerzes, wie sich dieses warme Gefühl auf sie übertrug, als würde ihre Großmutter ihr einen letzten liebevollen Gruß schicken und ihr zeigen wollen, dass alles gut sei, so wie es war. Jakob war bei ihr und hielt sie fest im Arm, als der Pfarrer das letzte Gebet für ihre Großmutter sprach. Und plötzlich überkamen Lara wieder die Gedanken an ihr letztes Gespräch mit ihr. So viele Fragen taten sich mit einem Mal auf, auf die sie keine Antwort mehr bekommen hatte, so viele Rätsel, die sie nicht mehr würde lösen können, so viele unausgesprochene Dinge, die nie mehr würden ausgesprochen werden.

Als Lara nach der Trauerfeier noch lange allein an Lottis Grab saß, fielen ihr plötzlich deren letzte Worte wieder ein: Bitte sage deiner Mutter, dass ich sie liebe und es immer getan habe.

Hatte sie etwa gewusst, dass sie sterben würde? Nie zuvor hatte sie solche Worte von Lotti bezüglich ihrer Mutter gehört. Die beiden Frauen waren so unterschiedlich, dass ein Außenstehender nie angenommen hätte, dass sie Mutter und Tochter waren. Gedankenverloren spielte sie mit Lottis Kette, die sie seit ihrem Tod trug. Sie hatte das Bedürfnis, mit ihrer Mutter darüber zu reden, doch sie war sich nicht sicher, wie Viola darauf reagieren würde. Sie war sehr verschlossen und bereits jetzt fast wieder „die Alte". In sich zurückgezogen, gefasst und unnahbar. Auch wenn Lara ihre Mutter kaum anders kannte, war sie trotz der Umstände sehr angenehm überrascht gewesen, sie für eine kurze Zeit doch verletzlich und emotional zu erleben. Lara wurde das Gefühl nicht los, dass Viola im Grunde ein ganz anderer Mensch war als der, den sie vorgab zu sein. Es musste auch in ihrem Leben etwas gegeben haben, was sie verändert hatte.

Als ob sie Laras Gedanken hatte lesen können, kam Viola auf sie zu, setzte sich zu ihr und legte den Arm beschützend um sie. Beide schwiegen lange.

„Ich vermisse sie so sehr." Violas Worte klangen traurig und ehrlich. Lara wusste nicht, was sie antworten sollte. Auch sie spürte den Schmerz des Verlustes tief in ihrem Herzen, einen Schmerz, der nicht nachlassen oder gar vergehen würde. Lara unterließ es, ihrer Mutter zu sagen, was ihre Großmutter ihr aufgetragen hatte. Nicht jetzt. Es würde ihrer Mutter das Herz brechen...

Lotti war Laras Bezugsperson gewesen, ihr Leben lang. Ihre Eltern waren mit ihrer Karriere beschäftigt, hatten die Kanzlei aufgebaut und zu einer der besten der Stadt gemacht. Dabei kam Lara natürlich ab und an zu kurz, doch sie gewöhnte sich schnell daran. Zumal sie als kleines Mädchen bereits bemerkte, welch ungewöhnlich kühles Verhältnis ihre Mutter zu Lotti hatte. Sie war oft versucht gewesen, ihrer Mutter die Schuld dafür zu geben, doch sie hatte sich nie zwischen die beiden Frauen gestellt oder gar ihre Mutter darauf angesprochen. Vielmehr hatte sie die Zeit mit ihrer

Großmutter genossen, die ihr eine Art Rückzugsort aus dem hektischen Arbeitsleben ihrer Eltern geboten hatte. Eine eigene kleine Welt inmitten des alltäglichen Chaos, in der Lara so sein konnte, wie sie war. Ein Mädchen mit Träumen, die sich nicht mit denen ihrer Eltern vergleichen ließen. Lotti war in dieser Beziehung wie sie. Eine humorvolle Träumerin, die sich von ihrem harten Leben nicht hatte unterkriegen lassen, die jede Minute mit ihrer wunderbaren Enkelin genoss, um ihr zu zeigen, was das Leben an Freude zu bieten hatte.

Dass es jedoch noch ganz andere Facetten in Lottis Leben gegeben hatte, um die sich ihre Gedanken in jeder Minute ihres Lebens drehten, jede ihrer Entscheidungen beeinflussten und ihre Unbeschwertheit trübten, wussten Lara und Viola nicht…noch nicht.

5

Nur noch wenige Tage, bis endlich die Semesterferien begannen. Lara hielt es im Hörsaal nicht mehr aus. Sie konnte und wollte nicht verstehen, wie sich die Welt für alle anderen weiterdrehte. Sie bemühte sich, ihre Tränen zurückzuhalten, wenn ihre Gedanken abschweiften, versuchte stark zu sein, um nicht ganz und gar den Halt in ihrem Leben zu verlieren. Mehr und mehr bemerkte sie, wie wenig sie mit dem gemein hatte, was sie hier tat. Sie sollte in die Fußstapfen ihrer Eltern treten, doch sie war nicht wie sie. Sie konnte dieser Zukunft, die sich ausschließlich um Arbeit und Karriere als Anwältin drehen sollte, immer weniger abgewinnen. Zu ihrer erdrückenden Trauer kam nach und nach die Wut. Wut auf ihre Eltern, auf Lotti, die sie einfach im Stich gelassen hatte, obwohl sie ihr einziger Halt gewesen war und Wut auf sich selbst, nicht in der Lage zu sein, ihren eigenen Weg zu gehen.

Selbst Jakob verstand es nicht mehr, Lara aufzuheitern und dazu zu bewegen weiterzumachen. Umso verwunderter war er, als sie seine Einladung annahm, das Semester mit einem schönen Abendessen ausklingen zu lassen. In der Stadt hatte ein neues

Restaurant eröffnet, das er unbedingt ausprobieren wollte.

Lara hatte nicht wirklich Lust, aber sie wollte Jakob nicht wieder vor den Kopf stoßen. Und etwas essen musste sie schließlich auch. Selbst das hatte sie in den letzten Tagen etwas vernachlässigt. Bisher hatte sie mit Lotti gekocht, doch allein in ihrer kleinen Wohnung war ihr einfach nicht danach gewesen. Es war einfach nicht mehr das Gleiche seit dem Tod ihrer Großmutter.

Zu Laras Überraschung fand sie das Restaurant wirklich sehr hübsch. Es erinnerte ein bisschen an die 60er Jahre. Es war in diesem Stil eingerichtet und die jungen Kellner waren ebenfalls entsprechend gekleidet. Sie saßen in einer kleinen Nische, für sich allein und doch konnte man alles überblicken. Jakob wirkte plötzlich ein wenig nervös und als Lara den attraktiven Kellner an ihren Tisch kommen sah, wusste sie auch, warum. Seinem Lächeln konnte höchstwahrscheinlich niemand widerstehen. Auch Jakob nicht. Lara kniff ihn liebevoll in die Seite und entlockte ihm damit ein verlegenes Grinsen.

Es wurde ein wunderschöner Abend mit einem hervorragenden Essen. Das lag nicht zuletzt auch an Enzo, dem jungen Kellner. Er war Franzose und studierte für ein Austauschsemester Kunst in Deutschland. In dem Restaurant half er nur so lange aus, bis die Semesterferien vorbei waren und er zurück nach Frankreich fuhr. Er sprühte nur so vor Energie und hatte eine so herrlich unbeschwerte Art. Die drei verstanden sich so gut, dass sie sich für den nächsten Abend auf einen Drink verabredeten. Lara war dankbar für die Ablenkung und sie konnte nicht leugnen, dass auch sie Gefallen an Enzo gefunden hatte. Natürlich durfte sie das Jakob nicht erzählen. Er war aufgeregt wie ein kleines Kind, als sie vor dessen Haustür standen, um ihn abzuholen. Als sie klingelten, meldete sich jedoch eine Frauenstimme.

„Kommt hoch, Enzo ist noch nicht fertig. Er braucht immer etwas länger." Das Lachen in ihrer Stimme war nicht zu überhören. Verdutzt schauten sich Lara und Jakob an und versuchten, ihre Enttäuschung zu verbergen. Achselzuckend gingen beide nach oben. Eine junge Frau in einem langen, wallenden Hippikleid öffnete lächelnd die Tür und bat sie herein.

„Setzt euch, glaubt mir, es dauert noch. Enzo braucht länger im Badezimmer als ich. Aber er hat mir von euch erzählt. Ihr seid im Restaurant gewesen und er hat davon geschwärmt, wie gut ihr euch unterhalten habt. Darf ich euch etwas anbieten?" Lara lehnte dankend ab, Jakob bat um ein Wasser. Noch konnte er die Situation nicht einschätzen. Hatte er sich so getäuscht? Sollte Enzo wirklich mit einer Frau zusammen sein?

„Hier ist dein Wasser. Ich bin übrigens Jasmin. Jakob, nicht wahr? Und du bist Lara?" Beide nickten. In diesem Moment kam ein weiterer junger Mann ins Wohnzimmer.

„Ah, das ist Lukas. Enzos Freunde Lara und Jakob", stellte Jasmin sie einander vor. „Wir wohnen hier zusammen in der WG, meine Freundin Nele ist noch unterwegs, aber vielleicht lernt ihr sie noch kennen, wenn Enzo noch länger braucht", grinste Jasmin.

Enzo lebte also in einer WG mit zwei Frauen und einem Mann zusammen. Nicht ungewöhnlich für diese Stadt, viele Studenten teilten sich eine Wohnung, um die Kosten so gering wie möglich zu halten. Doch in welcher Beziehung standen die Bewohner zueinander? Nicht nur Jakob zerbrach sich gerade darüber den Kopf. Auch Lara musste zugeben, dass es sie schon interessierte, wer hier eventuell mit wem eine Beziehung hatte. Lukas hatte sich inzwischen zu Jakob gesellt und unterhielt sich angeregt mit ihm. Er bekam gar nicht mit, dass Enzo den Raum betrat. Auch nicht, wie er Lara ansah und sich ihre Blicke ein paar Sekunden zu lange trafen. Als Jakob Enzo bemerkte, registrierte er auch Laras Reaktion.

„Hey ihr beiden, wollen wir dann los?" fragte Enzo. Zu Laras Verwunderung stand Jakob sofort auf und fragte Lukas, ob er nicht auch mitkommen wolle. Er sagte begeistert zu. Als sie zur Tür gingen, kam Nele herein und umarmte und küsste Jasmin. Die beiden schienen mehr zu sein als nur gute Freunde, dachte Lara lächelnd.

Für einen kurzen Moment musste sie an ihre konservativen Eltern denken. Sicher hätten sie sich in dieser Situation sehr unwohl gefühlt. Anders als Lotti. Sie hatte Lara vor langer Zeit einmal eine Geschichte aus ihrer Jugend erzählt. Es ging dabei um zwei Frauen, die sich sehr nahe standen. In Deutschland herrschte Krieg und eine ihrer Freundinnen hatte sich in eine Jüdin verliebt. Lotti hatte erzählt, dass sie den beiden oft geholfen hatte, sich heimlich zu treffen. Sie hatte so emotional darüber geredet, als wäre eine gleichgeschlechtliche Liebe für sie und auch zur damaligen Zeit schon etwas ganz Normales gewesen. Für Lotti war diese Liebe wunderbar, besonders, faszinierend und ehrlich. Eine Liebe, die dieses große Wort wirklich verdiente. Es gab nach ihren Erzählungen nie ein böses Wort zwischen dem zur damaligen Zeit ungleichen Paar. Ihre Gefühle füreinander waren echt und in jeder Berührung, jeder Geste zu spüren. Es war wunderschön, eine kurze und intensive Zeit… bis diese Liebe durch die irrwitzigen Wirrungen des Krieges zerstört wurde.

Eine Geschichte, die Lara sehr fasziniert hatte und über die sie gerne mehr von ihrer Großmutter erfahren hätte. Doch schon damals, als sie darüber gesprochen hatte, war zu spüren, wie schmerzvoll es für Lotti gewesen war, sich daran zu erinnern.

Der Abend mit den jungen Männern verlief vollkommen anders, als es Lara erwartet hätte. Sie hatten wirklich Spaß und für eine kurze Zeit konnte sie die Trauer, in der sie sich gefangen fühlte, vergessen, kam auf andere Gedanken... auf völlig andere Gedanken, wie sie überrascht feststellte.

Sie fand es zu Beginn des Abends nicht weiter verwunderlich, dass sie sich die meiste Zeit mit Enzo unterhielt, der begeistert davon sprach, bald wieder nach Hause zu fahren. Er vermisste seine Familie, seinen kleinen Bruder und seine Großeltern, die ihm offensichtlich sehr viel bedeuteten. Es war schön, ihm zuzuhören und Lara bemerkte, dass sie nicht nur seinen Akzent sehr anziehend fand.

Jakob und Lukas waren ebenfalls in ein Gespräch vertieft, sodass Jakob gar nicht mitbekam, wie Lara aufstand und zur Toilette ging. Offensichtlich war er ziemlich schnell darüber hinweggekommen, dass Enzo höchstwahrscheinlich kein Interesse an ihm hatte. Dank Lukas.

Lara stand vor dem Waschbecken und betrachtete sich im Spiegel. Ihre wilden Locken standen in alle Richtungen, natürlich. Sie in Ordnung gebracht zu haben, bevor Jakob sie abgeholt hatte, war wie immer vollkommen umsonst gewesen. Lara musste lächeln. Ihr eigener Anblick erinnerte sie an Lotti. Sie war ebenfalls mit einer unmöglich zu bändigenden

Lockenpracht gesegnet gewesen und hatte darüber geschimpft, solange Lara denken konnte. An ein Erlebnis erinnerte sie sich noch, als wäre es gestern gewesen. Es war der Tag ihrer Schuleinführung und Lotti hatte ihr versprochen, die Haare zu machen. Lara wollte aussehen wie eine Prinzessin und eine Spange in ihren Haaren tragen, die aussah wie eine Krone. Zwei volle Stunden versuchte ihre Großmutter, Laras Locken unter Kontrolle zu bekommen. Doch dann gab sie fluchend auf. Lara hatte damals zu weinen begonnen, aber Lotti hatte eine geniale Idee. Sie löste ihren mühsam befestigten Haarknoten, wuschelte die Haare kurz durch und stellte sich neben Lara vor den Spiegel. Als die ihr Spiegelbild damals sah, war ihre Enttäuschung sofort wie weggeblasen und sie lächelte wieder. Ihre Großmutter sah aus wie sie, genauso wild, genauso lustig, genauso verrückt. So gingen die beiden damals gemeinsam zur Feierstunde in die Schule, sehr zum Leidwesen von Viola. Laras Vater hatte nur gelacht und gar nicht erst versucht, seine Frau zu beruhigen. Und Lara war stolz, als sie aufgerufen wurde und ihre Zuckertüte bekam, stolz, jetzt ein Schulkind zu sein, stolz wegen ihres eigenen Mutes und stolz, solch eine Großmutter zu haben, die jubelnd aufgestanden war. Ihre Spange hatte Lara dennoch in den Haaren, und so fühlte sie sich trotz allem wie eine Prinzessin, Lottis kleine Prinzessin…

Plötzlich stand Jakob hinter Lara, die noch immer, in ihren Gedanken verloren, versuchte, sich gegen die aufkommende Trauer zu wehren. „Ist alles in Ordnung? Wir haben uns Sorgen gemacht, du bist schon seit 20 Minuten hier drin."

„Es ist alles gut, ich musste nur gerade an Lotti denken", antwortete Lara und versuchte dabei, ihre Tränen zu unterdrücken. Es würde hoffentlich irgendwann eine Zeit geben, in der sie ohne diesen unsagbaren Schmerz an ihre Großmutter zurückdenken konnte, einfach nur glücklich und dankbar, sie in ihrem Leben gehabt zu haben.

„Sag mal, was machst du eigentlich auf der Damentoilette, mein Lieber?" Jakob grinste verschmitzt. „ Na ich bin doch eine Dame, oder etwa nicht?" Lara lachte laut auf und versetzte Jakob einen Klaps auf den Po. „Nun aber raus hier, ich bin gleich wieder da."

„Beeil dich, Enzo wartet auf dich und Lukas vermisst mich sicher auch schon", gab Jakob augenzwinkernd zurück und war verschwunden. Oh, was hatte denn Lara gerade verpasst? Bahnte sich da etwa etwas Ernstes zwischen Lukas und Jakob an? Es half nichts, sie würde es herausfinden müssen.

6

Lara saß gerade an ihrem kleinen Küchentisch und trank einen Tee, als ihre Mutter anrief.

„Schatz, wir müssen heute Nachmittag beginnen, das Haus deiner Großmutter auszuräumen", begann Viola. „Es soll in den nächsten Wochen verkauft werden. Es gehört laut Testament Onkel Hans und jetzt nach seinem Tod seiner Familie. Ich möchte es so schnell wie möglich hinter mich bringen. Es gibt wohl schon einen Käufer. Hilfst du mir?"

Lara wusste nicht, was sie sagen sollte. Darüber hatte sie sich bisher keine Gedanken gemacht. Darüber, was aus Lottis Sachen und ihrem Haus werden sollte. In den vergangenen Wochen hatte sie es vermieden, ins Haus zu gehen. Sie hatte Angst vor den vielen Erinnerungen, vor dem Schmerz, der damit verbunden war. Doch sie wusste auch, dass der Tag kommen würde, an dem sie sich um den Nachlass kümmern mussten. Sie strich über die Kette, die sie um den Hals trug und war dankbar für diese wundervolle Erinnerung an ihre Großmutter. Auch wenn sie zu diesem Zeitpunkt noch nicht wusste, was dieser Talisman für ein Geheimnis barg…

Pünktlich um 14 Uhr stand Lara vor dem Haus. Es hatte sich in den letzten Wochen nichts verändert. Gar nichts. Es war, als würde Lotti hinter dem Küchenfenster bereits auf sie warten, so, wie sie es immer getan hatte. Doch hinter der Gardine bewegte sich nichts. Niemand wartete auf sie. Alles blieb ruhig, als würde das gesamte Haus schlafen. Zum ersten Mal fiel Lara auf, dass sich um sie herum die Welt einfach weiterbewegt hatte. Nichts außerhalb ihres Herzens und dieses Hauses ließ erkennen, dass Lotti gegangen war. Sie sah das Auto ihrer Eltern in die Einfahrt biegen. Lara freute sich, sie zu sehen, es war ein paar Tage her, als sie das letzte Mal zusammen gewesen waren. Jetzt fühlte sie sich nicht mehr so allein, ihre Eltern verstanden, wie es ihr ging, auch wenn sie vielleicht mit dem Verlust anders umgehen konnten. Ohne zu überlegen, sprang sie ihrem Vater in die Arme, der sie fest an sich drückte. Und als er sie wieder losließ, sah sie in die tränenfeuchten Augen ihrer Mutter. Es würde gerade wegen aller Vorkommnisse in dieser Familie und des zweifelhaften Verhältnisses von Lotti und Viola für alle nicht leicht werden, den nächsten Schritt zu gehen.

Es roch noch nach ihr, als sie in den dunklen Flur kamen. Ein leichter Duft von Freesien umfing sie. Alles im Haus lag an seinem Platz, nur eine dünne Staubschicht ließ erahnen, dass hier länger niemand mehr gewesen war. Und doch konnte man meinen, dass sich nichts geändert hatte. Jeden Moment konnte der Teekessel pfeifen, der auf dem alten Herd stand. Der Kühlschrank summte beruhigend und die Dielen ächzten bei jedem Schritt ihr alt bekanntes Lied. Man erwartete, Lotti rufen zu hören, wenn jemand über die Dielen lief, doch es blieb still.

Während ihre Eltern in den Keller gingen, um einige Kartons zu holen, ging Lara ins Wohnzimmer. Dort hatte sie ihre Großmutter das letzte Mal gesehen, mit ihr geredet, ihre Hand gehalten und sich von ihr verabschiedet. Ihr Lieblingssessel, in dem sie auch zuletzt gesessen hatte, stand leer vor Lara, die Decke lag ordentlich zusammengelegt darauf. Eine Welle der Traurigkeit ergriff sie und sie fiel weinend auf die Knie. Sie nahm die Decke in beide Hände und vergrub ihr Gesicht darin, als würde sie jede zurückgebliebene Erinnerung an ihre Großmutter in sich aufnehmen wollen. Lara wusste nicht, wie lange sie bereits vor dem Sessel gehockt hatte, doch irgendwann stand sie auf, sah sich im Wohnzimmer um und begann, die einzelnen Schränke auszuräumen. Es war unfassbar, was Lotti im Laufe vieler Jahre gesammelt und aufgehoben hatte. Es war nicht einfach, wichtige Dinge von denen zu unterscheiden, die sie wegwerfen konnten. Sie beschloss, alles einigermaßen zu sortieren, damit ihre Mutter noch einmal drübersehen konnte. Sie fand Sammeltassen, Porzellanfiguren, Unmengen an gehäkelten Deckchen und Gläser in allen Formen und Größen. Etwas weiter hinten im Schrank stapelten sich Briefumschläge, Unterlagen und Postkarten. Die Briefumschläge waren teilweise leer, aber benutzt und einzelne Briefe und Dokumente lagen aufeinandergestapelt daneben. Allein diese Dinge durchzusehen, würde einige Zeit in Anspruch nehmen. Lara legte alles sorgfältig zurecht und als sie den letzten Schrank in diesem Zimmer durchsah, fand sie alte Fotoalben und eine kleine Holzschatulle. Mit einigen Alben setzte sie sich auf das durchgesessene Sofa und begann, sich die Bilder anzuschauen. Viele der abgebildeten Leute kannte Lara nicht, aber Lotti war auf fast jedem Foto zu sehen. Sie fand auch das Hochzeitsbild ihrer Großeltern. Wenn sie es sich so betrachtete, musste sie feststellen, dass es nicht unbedingt vor Liebe sprühte. Man sah, dass Lotti bereits schwanger gewesen war, ihr Gesicht war rundlicher als sonst auf den Bildern, das Kleid, das sie trug, war weit geschnitten und ihre vergleichsweise dünnen Ärmchen schauten heraus, als würden sie nicht dazugehören. Nichts auf diesem Bild zeugte von Zuneigung. Ein verlegenes Grinsen ihres Großvaters, eine fast spürbare Abneigung im Gesicht ihrer Großmutter. Hatten sie sich jemals geliebt? Hatten sie nur einen Streit an ihrem Hochzeitstag gehabt? Wenn Lara zurückdachte an die Zeit, in der ihr Großvater noch gelebt hatte, fielen ihr auch die häufigen Auseinandersetzungen zwischen den beiden ein. Es verging fast kein Tag ohne Streit, Großvater war sehr jähzornig, aber sobald Lara bei ihnen war, war alles in Ordnung. Beide kümmerten sich rührend um sie und im Nachhinein war es wohl so, dass die gemeinsame Enkeltochter die Wogen stets ein wenig geglättet hatte. Lara dachte nach. Wie war das Leben ihrer Großeltern wirklich gewesen? Lotti hatte ihr nicht viel erzählt, außer, sie hatte gefragt. Wie zum Beispiel, nachdem ihr Großvater gestorben war und Lara wissen wollte, wie sie sich kennengelernt hatten.

Wilhelm war ein angesehener Mann in der Stadt gewesen, der hart arbeitete und damit auch seine Eltern unterstützte. Das Haus, in dem Lotti bis zum Schluss gewohnt hatte, hatte einst Wilhelms Eltern gehört. Die beiden lernten sich kennen und verliebten sich. Lotti brachte Wilhelm jeden Tag das Essen zur Arbeitsstelle und fuhr dafür mit einem alten Rad quer durch die Stadt. Sie erwähnte einmal, dass sie es mit ihren Schwiegereltern nicht immer einfach hatte, ging aber nicht näher darauf ein. Alles in allem klang ihre Erzählung damals sehr harmonisch. Doch irgendwie passte das nicht ganz zu dem Hochzeitsfoto. Und was war mit der Geschichte, die Lotti kurz vor ihrem Tod erzählt hatte? Was war aus Jacques geworden? Was hatte es mit der Kette und dem Mondanhänger auf sich? Wie war er wieder zurück in ihren Besitz gekommen, wenn sie Jacques die Kette doch geschenkt hatte? Es gab so viele Fragen, auf die Lara gerne noch eine Antwort gehabt hätte...

„Bist du soweit fertig?" Die Stimme ihres Vaters riss sie aus ihren Phantasien. „Ja, ich denke schon", antwortete sie schnell. Es war bereits Abend, als sie die letzte Kiste mit Unterlagen, Nippes und Kleidung in den Transporter räumten. Zu Hause bei den Eltern wollten sie die Sachen in Ruhe durchgehen. In den nächsten Tagen würde alles, was im Haus geblieben war, abgeholt werden und in einigen Wochen wäre es verkauft. Ein Lebensabschnitt endete und ein neuer begann.

„Ich glaube, ich habe alle Versicherungsunterlagen zusammen." Viola und Lara wühlten sich seit Stunden durch Lottis Papierkram. Die Fotos wollten sich die beiden später gemeinsam ansehen. Gerade, als Lara das letzte Album auf den Stapel legen wollte, fielen ein paar Briefe heraus.

Vorsichtig faltete sie die Briefe auseinander. Das Papier war alt und porös. Sie schienen oft in die Hand genommen und gelesen worden zu sein. Einige Briefe waren von einer Frau namens Helga, doch dann fiel Lara ein Brief auf, der anders war. Man sah sofort, dass der Absender kein Deutscher gewesen war. Allein die

71

Überschrift „Mon cherie Lotti" ließ vermuten, dass er aus Frankreich kam. Der verblichene Stempel auf dem Umschlag bestätigte ihre Vermutung: Toulon/Cannes 1.6.49.

Es war schwierig, die Zeilen zu entziffern, doch es war unschwer zu erkennen, dass sie von jemandem geschrieben worden waren, der ihrer Großmutter sehr nahe gestanden hatte. Die Buchstaben waren verblichen. Lara war so vertieft, dass sie nicht mitbekommen hatte, dass Viola aus dem Raum gegangen war. Erst als sie zurückkam und sie fragte, ob sie etwas essen wolle, wurde sie sich ihrer Anwesenheit wieder bewusst. Reflexartig legte Lara den Brief beiseite und stand auf.

Der Brief ging ihr nicht mehr aus dem Kopf. Sofort dachte sie an die Geschichte, die Lotti begonnen hatte zu erzählen. Die Geschichte, die sie mit der Kette in Verbindung brachte…Lara würde die Geschichte nie mehr erfahren und darüber war sie sehr traurig. Es sei denn…

Als sie später am Abend wieder in ihrer Wohnung war, sah sie sich die Zeilen noch einmal genauer an. Auch das Fotoalbum hatte sie mitgenommen, ohne dass es ihre Eltern bemerkt hatten. Lara hatte das Gefühl, mit diesem Brief etwas mehr über Lotti erfahren zu können. Denn allein das Datum des Stempels verwirrte sie. Zu diesem Zeitpunkt war ihre Großmutter, soviel sie wusste, bereits mit ihrem Großvater verheiratet gewesen und wenn sie sich nicht täuschte, war auch Onkel Hans, Lottis Sohn, schon geboren. Wie war es möglich, dass sie von jemandem Briefe aus Toulon bekam? Waren sie vielleicht von Jacques, dem jungen Mann, mit dem sie schon in ihrer Kindheit befreundet gewesen war? Sollte ihre Freundschaft den Krieg überdauert haben?

Lara hatte die ganze Zeit nach der Beerdigung die Gedanken an das letzte Gespräch mit ihrer Großmutter verdrängt. Doch beim Anblick der Briefe kam alles wieder. Sie erinnerte sich, dass Lotti gesagt hatte, wie wichtig es ihr war, endlich über alles reden zu können, was in ihrem Leben geschehen war und auch, dass sie mit ihrem Schweigen Unglück über ihre Familie gebracht haben könnte. Lara konnte sich das nicht vorstellen, doch sie kannte Lotti gut genug, um zu wissen, dass sie solche Worte nicht umsonst benutzt hätte.

In Lara begann es zu brodeln. Sie wurde immer aufgeregter und neugieriger. Immer mehr fühlte sie, dass es ihrer Großmutter ein besonderes Anliegen gewesen war, ihr Schweigen endlich brechen zu können, doch es war ihr nicht mehr möglich gewesen. Traurigkeit und Wut kamen in Lara auf und die heißen Tränen liefen ihr über die Wangen. Warum? Warum nur hatte Lotti gehen müssen und warum war es ihr nicht vergönnt gewesen, ihr Herz zu erleichtern? Als Lara

73

weinend über den Bildern und dem Brief kniete, fiel ihr auch wieder ein, was Lotti ihr zum Abschied gesagt hatte. Schnell griff sie zum Telefon und bemerkte erst, wie spät es bereits war, als sie die verschlafene Stimme ihrer Mutter hörte.

„Mama, ich muss dir unbedingt etwas sagen. Am Nachmittag, bevor Oma starb, war ich bei ihr. Sie hatte begonnen, mir von ihrer Kindheit und Jugend zu erzählen. Es schien ihr sehr wichtig zu sein, mit mir darüber zu reden. Es ging um die Kette mit dem Mondanhänger und einen Jungen, den sie kennengelernt hatte. Als sie müde wurde und ich gehen sollte, sagte sie mir noch: ‚Bitte sage deiner Mutter, dass ich sie liebe und es immer getan habe.‘"

Lara schwieg und wartete auf eine Antwort ihrer Mutter. Erst nach einiger Zeit sagte Viola: „Danke!" und legte einfach auf. Lara schaute das Telefon fassungslos an. Mit dieser Reaktion hatte sie nicht gerechnet. Die Frage, was sie mit diesem Anruf bei ihrer Mutter ausgelöst hatte, sollte sie noch die ganze Nacht beschäftigen und auch, ob und wie es möglich war, Lottis Lebensgeschichte doch noch zu erfahren.

Wenige Minuten nach sechs Uhr morgens wurde Lara aus ihrem unruhigen Schlaf gerissen. Als sie schlaftrunken an die Tür ging und durch den Spion sah, traute sie ihren Augen nicht. Viola stand da, in Jeans, Sweatshirt und Turnschuhen, die kurzen Haare nicht gestylt, ohne Make-up. So hatte Lara ihre Mutter bisher nur sehr selten gesehen. Und sie hatte sie bisher noch nie in einer solchen psychischen Verfassung erlebt, als sie in ihren Armen lag. Viola schluchzte, weinte und redete immer wieder vor sich hin. Doch Lara verstand sie nicht. Sie selbst war geschockt über den Zustand ihrer Mutter, wusste sich nicht anders zu helfen, als sich mit ihr auf ihre kleine Couch zu setzen, sie weiter im Arm zu halten und beruhigend auf sie einzureden.

„Das war…hören wollte…" Wieder und wieder kamen nur solche Wortfetzen von Viola. Lara drehte sie zu sich um und fragte sie direkt noch einmal. „Mama, was ist los, bitte rede doch mit mir. Du machst mir Angst!"

Langsam sah Viola auf. „Das war das Einzige, was ich mein ganzes Leben von Lotti hören wollte." Lara verstand nicht sofort, was sie meinte.

„Dass meine Mutter mich liebt, habe ich mir immer gewünscht. Dieser Liebe bin ich mein gesamtes Leben hinterhergelaufen. Und jetzt, kurz bevor sie stirbt, sagt sie es, sagt sie es dir und ich habe es weder gehört noch habe ich gefühlt, ob es die Wahrheit ist."

7

Mittlerweile war es beinahe 10 Uhr und die beiden Frauen saßen noch immer nahezu bewegungslos auf der Couch. Sie sprachen nicht, beide. Jede von ihnen versuchte zu verarbeiten, was Viola gesagt hatte. Lara war es unmöglich zu begreifen, wie es ihrer Mutter tatsächlich ging, sie versuchte zu verstehen, wie sie sich fühlte, warum sie für so eine lange Zeit damit hatte kämpfen müssen. Wie war ihr Leben bisher wirklich gewesen? Das Bild, welches Lara von Viola als Mutter und Tochter hatte, begann zu verschwimmen. Wenn ihre Mutter solche Gedanken und Gefühle hatte, musste es Gründe geben, die sie nicht kannte und niemals in Erwägung gezogen hatte. Sie hatte ihre Mutter immer als taffe, selbstsichere und zielstrebige Frau gekannt, der die Familie zwar sehr wichtig war, die sich aber nie auf emotionaler Ebene auf viele Dinge eingelassen hatte. Sie war rational. Doch wie sie sich jetzt zeigte, war diese Rationalität und Geradlinigkeit ihr Leben lang vielleicht lediglich eine Maske gewesen, die sie getragen hatte. Eine Maske, die sie schützen sollte, vor Verletzungen, die kommen würden und ein Verstecken von Verletzungen, die bereits geschehen waren.

Viola fühlte sich auf eine gewisse Art erleichtert. Sie hatte ihre Gefühle zugelassen, ausgesprochen, was ihr auf dem Herzen lag, an der Oberfläche gekratzt, um sich zu befreien. Jetzt war es an ihr, diesen Weg weiterzugehen oder in ihre sichere Höhle zurückzugehen, in der ihr nichts geschehen konnte. Hatte Lotti diese Worte ernst gemeint? Hatte sie sie wirklich geliebt? Warum hatte sie diese Liebe ihrer Mutter nie zu spüren bekommen?

Viola setzte sich auf und starrte noch immer in die Luft. Lara sah, wie sie mit sich rang. Es war nicht einfach, so aus seinen festen Strukturen gerissen zu werden, plötzlich alles infrage zu stellen. Lara machte Tee und setzte sich wieder neben Viola. Als sie den ersten Schluck getrunken hatte, sah diese Lara liebevoll an. „Ich möchte dir gerne von mir erzählen. Ich habe sicher viele Fehler gemacht, aber ich möchte, dass du verstehst." Lara nahm sie behutsam in den Arm und hatte Mühe, ihre Tränen zurückzuhalten. Es war so ein warmes Gefühl, sie zu halten und so nah bei ihr zu sein, näher, als jemals zuvor. „Ja, Mama, ich höre dir zu."

„Ich kann mich erinnern, als ich ungefähr drei oder vier Jahre alt war. Mein Bruder musste mich zum Spielen mit raus nehmen, obwohl er eigentlich etwas mit seinen Freunden unternehmen wollte. Er war gerade mit seinen Schulaufgaben und seiner Arbeit im Haus fertig und hatte wohl schon lange darauf gewartet, endlich weggehen zu können. Er hatte überhaupt nicht damit gerechnet, mich mitnehmen zu müssen. Er war nicht begeistert und hat auch laut dagegen protestiert. Aber Lotti hatte darauf bestanden, sie hatte keine Zeit für mich, weil sie mit ihrer Hausarbeit beschäftigt war und auch mein Vater nicht da war. Ich habe oft allein gespielt und war damals wirklich glücklich, mit meinem großen Bruder mitkommen zu dürfen. Er war fast 10 Jahre älter und mein großes Vorbild. Doch Hans hatte wohl nicht so viel für mich übrig. Wütend setzte er mich in einen Karren und zog mich hinter sich her. Ein paar Straßen weiter traf er noch ein paar Jungs, die sich lauthals darüber beschwerten, dass ich dabei war. Damals war mir das egal, weil ich ja wusste, dass Hans auf mich aufpassen würde. Aber da hatte ich mich getäuscht. Am Waldrand ließ er mich mit dem Karren einfach stehen und lief mit den anderen in den Wald. Ich dachte erst, es sei ein Spiel, aber als Hans nach einer ganzen Weile nicht wiederkam, bekam ich Angst. Es war schon dunkel geworden und ich versuchte, Blumen zu sammeln, um sie meiner Mutter später mitnehmen zu können. Irgendwann hörte ich Hans rufen. Er kam allein angerannt und zerrte mich mit sich nach Hause. Dort erzählte er, dass ich ihm weggelaufen wäre und unsere Eltern schrien mich an. Ich konnte gar nicht sagen, dass es nicht stimmte. Ich war noch zu klein und niemand hörte mir zu. Hans stand in der Ecke, hielt die Arme verschränkt und grinste. Ich musste ins Bett gehen und dort bleiben, bis ich wieder gerufen würde. Ich habe die ganze Nacht geweint. Ich glaube, damals hat sich das Verhältnis zu Hans verändert, sah ich ihn mit anderen Augen. Es war nicht unbedingt so, dass ich Angst vor ihm hatte, aber ich vermied es, mit ihm allein zu sein. Je älter ich wurde, desto selbstständiger wurde ich. Oft fühlte ich mich, als würde ich nicht zu dieser Familie gehören. Als Hans die Schule abgeschlossen hatte, gingen meine Eltern zur Zeugnisübergabe, und als sie zurückkamen, war ihnen der Stolz anzusehen. Allerdings hinderte es sie nicht daran, sich wenig später wieder zu streiten. Sie stritten oft, sehr oft. Wenn ich im Bett lag, war es meistens am schlimmsten. Manchmal hatte ich Angst, dass sich meine Eltern etwas antun. Es flogen Gegenstände und Türen wurden zugeschlagen. Manchmal betete ich, dass ich schnell erwachsen werden würde, um ausziehen zu können. Es gab noch so viele Dinge, die mich geprägt haben und die ich einfach nicht vergessen kann. Meinen Vater bekam ich nur selten zu Gesicht. Er arbeitete oft bis tief in die Nacht in seiner kleinen Werkstatt als Tischler. Eines Abends traute ich mich, Lotti zu fragen, ob ich beim Tanzkurs in der Schule mitmachen dürfte. Ich war gerade 14 Jahre alt. Ich erzählte begeistert, dass es dann auch einen Abschlussball geben würde und dazu auch die Eltern eingeladen würden. Wenn es nichts kostet, meinte Lotti damals, hätte sie nichts dagegen und widmete sich wieder ihrer Arbeit. Ich war glücklich und nahm begeistert Tanzstunden. Zweimal die Woche ging ich in die Aula unserer Schule. Meine Eltern fragten nicht, wann ich ging und kam, sie waren mit sich und ihren Sorgen beschäftigt. Als der Termin des Tanzabschlussballs nahte und ich dringend ein schönes Kleid brauchte, fragte ich meine Mutter, ob sie mit mir einkaufen gehen würde. Ich sehe jetzt noch ihren Gesichtsausdruck vor mir, als ich sie fragte. Sie sah mich an, als hätte ich sie um eine Million Mark gebeten, um sie zu verbrennen. Lange sagte sie nichts, bis sie mich darauf hinwies, dafür kein Geld zu haben. Es stimmte schon, dass wir nie viel Geld hatten, obwohl meine Eltern beide arbeiteten. Doch ich dachte und hoffte, dass sie mir diesen Gefallen tun und eine Lösung finden würden. Lotti meinte dann, ich könnte meine Großmutter fragen, sie war sehr geschickt und könnte vielleicht ein Kleid für mich nähen. Ich war dankbar dafür, sehr dankbar und meine Großmutter hat mir tatsächlich ein Kleid gemacht, welches mir sehr gefiel. Ich habe es heute noch, es ist meine liebste Erinnerung an sie. Überhaupt war die Zeit bei ihr immer etwas Besonderes für mich. Ich kam mir nicht so ausgeschlossen vor wie zu Hause, nicht so, als wäre ich nur ein Anhängsel und Oma Elli hat sich liebevoll um mich gekümmert. Als ich älter wurde, habe ich dennoch oft diesen mitleidigen Blick in ihren Augen bemerkt, den sie hatte, wenn ich wieder nach Hause ging. Ich habe ihr oft davon erzählt, wie ich mich fühlte, und habe sie gefragt, ob mich meine Eltern lieb hätten. Sie hat mir immer gesagt, dass ich mir keine Sorgen darum machen müsste, dass sie mich ganz bestimmt lieb hätten, aber dieser Blick in ihren Augen hat mich immer verwirrt. Was soll ich sagen, meine Eltern kamen nicht zu meinem Tanzabschlussball. Sie stritten, wie so oft, und ich ging allein. Sie kamen auch nicht nach. Das einzig Tröstliche an diesem Tag war, dass ich mich auch ohne meine Eltern sehr wohl gefühlt und eine Entscheidung getroffen habe. Ich würde mein Leben selbst in die Hand nehmen, machen, was ich wollte und ihnen irgendwann zeigen, dass ich auch etwas wert war. Meine Mutter hatte sich bei mir entschuldigt, als ich vom Ball nach Hause kam. Das freute mich damals zwar, aber es änderte nichts an meiner Entscheidung. Von diesem Zeitpunkt an verbesserte ich meine schulischen Leistungen so, dass ich nach dem Abitur ohne Probleme einen Studienplatz bekam. Und so habe ich es geschafft, da zu sein, wo ich heute bin. Um meine Eltern kümmerte ich mich trotz allem immer, wie du weißt, aber es war nie auf einer Ebene, wie ich es mir immer gewünscht hatte. Ich hatte auch später das Gefühl, nicht geliebt oder gesehen zu werden. Ich kann mich nicht daran erinnern, dass Lotti mich jemals in den Arm genommen und mir gesagt hätte, dass sie mich lieb hat. Die Liebe habe ich erst bei deinem Vater gefunden und es war sehr schwer für mich, sie anzunehmen. Ich habe sehr lange dazu gebraucht. Es war eine schwierige Zeit, aber eine wundervolle Erfahrung. Dass ich dich so spät erst bekommen habe, hat auch viel mit meiner eigenen Kindheit und Jugend zu tun. Ich hatte einfach große

Angst, selbst nie die Mutter sein zu können, die ich mir immer wünschte und das bin ich auch nicht geworden. Ich habe viele Fehler gemacht, dich sicher oft allein gelassen, um zu arbeiten, weil ich mich nur da wirklich sicher gefühlt habe. Ich hoffe, du kannst mir verzeihen."

Lara umarmte ihre Mutter, strich ihr beruhigend über den zarten Rücken und versuchte ihr damit das Gefühl zu vermitteln, dass für sie wirklich alles in Ordnung war. Viola lächelte sie mit Tränen in den Augen dankbar an.

Lara wollte vorerst nicht weiter nach Lotti fragen, sie war durcheinander, schockiert und fasziniert zugleich. Sie hatte Mühe, die Erzählungen ihrer Mutter mit ihren eigenen Erinnerungen an ihre Großmutter in Verbindung zu bringen. Sie hatte das Gefühl, dass Viola von einer vollkommen anderen Frau sprach. Dennoch begann sich für Lara langsam zu klären, warum ihre Mutter so war, wie sie war. Es war schwer zu glauben, doch ihr Gefühl sagte ihr, dass Viola lange, viel zu lange eine schwere Last mit sich getragen haben musste. Wie schwer diese Last tatsächlich war, konnten beide Frauen zu diesem Zeitpunkt nicht wissen…

Violas Handy klingelte unaufhörlich. Lara sah, dass es ihr Vater war. Sicher ging es um die Kanzlei, doch Viola legte das Gerät weg. Sie war nicht in der Lage, sich jetzt mit der Arbeit zu beschäftigen. Lara wusste, dass ihre Mutter das erste Mal, zumindest ihr gegenüber, all ihre Emotionen aufzuarbeiten versuchte. Ob sie dafür die Richtige war und ob sie ihr helfen konnte, wusste sie nicht. Sie wusste nur, dass sie für ihre Mutter da sein wollte, ihr zuhören und ihr das Gefühl geben wollte, nicht allein zu sein.

Da ihre Mutter kurz aus dem Raum gegangen war, ging Lara kurz an ihr Telefon, als ihr Vater anrief. Es ging nicht um die Arbeit, er machte sich Sorgen. Viola hatte am Abend zuvor viel geweint, sich zurückgezogen und nicht mit ihrem Mann geredet. Heute Morgen war sie einfach verschwunden. Laras Vater hatte große Angst um sie und war erleichtert, seine Frau bei seiner Tochter zu wissen. „Es ist gut, dass sie bei dir ist. Der Tod deiner Großmutter hat ihr mehr zugesetzt, als sie zugeben möchte. Sie muss darüber reden und wer wäre besser dafür geeignet als du?", meinte er. „Es ist zwar ein trauriger Ausgangspunkt, aber dass deine Mutter zu dir gekommen ist, ist ein gutes Zeichen. Bitte pass gut auf sie auf und melde dich, wenn ich helfen kann. Falls sie fragen sollte, sie muss sich keine Sorgen wegen der Arbeit machen, ich habe alles fest im Griff." Das Grinsen in seinem Gesicht war deutlich zu spüren. Viola gab ihm ab und an gerne das Gefühl, ohne sie vollkommen aufgeschmissen zu sein. Und das, obwohl er wirklich ein sehr, sehr guter Anwalt war und sein Studium als Bester abgeschlossen hatte. Lara lächelte und versprach ihrem Vater, auf Viola zu achten.

Als sie zurückkam, fragte sie nach, wer am Telefon gewesen war. Lara antwortete wahrheitsgemäß und zwinkerte ihre Mutter an, als sie ihr sagte, dass ihr Vater alles im Griff hätte. „Das hat er immer. Ohne ihn wäre ich nichts und auch unsere Kanzlei nicht so erfolgreich, wie sie ist. Aber das darf ich ihm nicht sagen, sonst bekommt er noch Höhenflüge." Viola versuchte ein Lächeln, was ihr auch gelang und in ihrem Gesichtsausdruck spiegelte sich die tiefe Liebe zu ihrem Mann wieder. Ein wahres Geschenk, dachte Lara nicht das erste Mal und der Gedanke festigte sich noch nach Violas Schilderungen.

„Darf ich dich etwas fragen, Mama?" Viola nickte. „Natürlich", antwortete sie und setzte sich wesentlich entspannter als noch vor wenigen Stunden wieder neben Lara. „Hattest du in deinem gesamten Leben wirklich das Gefühl, dass dich deine Eltern nicht lieben?"

„Nein, nicht immer. Es gab Momente, in denen ich, wenn ich mit Lotti allein war, dieses Gefühl überhaupt nicht hatte. Wir haben dann zusammen gekocht oder gebacken und sie kam mir dann oft wie ausgewechselt vor. Doch sobald mein Vater oder Hans dazukamen, war sie anders. So, als ob sie ihnen nicht zeigen durfte, dass wir Spaß miteinander hatten. Sie zog sich dann plötzlich immer in sich zurück. Ich habe sie einmal darauf angesprochen, als ich bereits etwas älter war. sie hat meine Frage als dummes Gerede abgetan und nicht darauf geantwortet. Ich habe die seltenen Momente mit ihr so sehr genossen. Doch leider wurden sie im Laufe der Jahre immer weniger und irgendwann gab ich es einfach auf, wie schon gesagt. Ich hatte keine Kraft und Energie mehr, mich bei meiner Mutter ins rechte Licht zu rücken, ihr zu zeigen, dass ich da war und um ihre Zuneigung zu bitten. Viel später habe ich erfahren, wie das Verhältnis meiner Eltern zueinander tatsächlich gewesen war. Lotti selbst hat darüber geredet, als mein Vater verstorben war. Es gab mir damals sehr zu denken." Viola schloss die Augen, als würde sie darüber eigentlich nicht reden wollen. Doch sie sprach weiter: „Lotti erzählte mir, dass sie meinen Vater kurz nach Ausbruch des Krieges kennengelernt hatte. Willy hatte gerade seine Lehre als Tischler beendet und sie hatte ihre Lehre in einer großen Wäscherei begonnen. Die beiden trafen sich zufällig im Park, wo eine Versammlung der SS stattfand. Es sollten junge Männer angeheuert werden. Willy unterhielt sich mit einem Freund, als er Lotti mit ihrem Fahrrad sah. Ihr war der Korb heruntergefallen und ein paar Kartoffeln und Äpfel lagen auf dem Boden. Willy kam ihr zur Hilfe. Und da war es um die beiden geschehen. Lotti zog sehr schnell bei Willy und seinen Eltern ein. Wenig später wurde mein Vater eingezogen und er musste für sein Land in den Krieg ziehen. Ab diesem Zeitpunkt begann für Lotti das Martyrium. Ihre Schwiegereltern hassten sie und ließen sie das jeden Tag spüren. Sie musste die meisten Arbeiten im Haus allein erledigen, die Tiere versorgen, sich um die Felder kümmern. Als mein Vater wenige Monate später verletzt zurückkehrte, hatte meine Mutter Hoffnung, dass es besser werden würde, doch im Gegenteil. Mein Vater ließ sich von seinen Eltern beeinflussen, die ihm Lügen über sie erzählten. Sie setzten ihn unter Druck, sie wieder zu verlassen, da sie aus armen Verhältnissen stammen würde und nur hinter seinem Besitz her wäre. Doch es kam nicht zur Trennung, Hans wurde geboren und die beiden heirateten. Lottis Wunsch, dass mit der Geburt ihres Sohnes alles besser werden würde, erfüllte sich jedoch nicht. Im Gegenteil. Die Auseinandersetzungen wurden immer schlimmer und nicht selten rutschte meinem Vater die Hand aus und er schlug Lotti. Es kam so weit, dass sie ihm drohte, ihn zu verlassen, wenn er sie weiter schlüge."

Viola schüttelte traurig den Kopf. Erst jetzt wurde ihr wieder bewusst, was ihre Mutter hatte durchmachen müssen. Vielleicht hatte all das sie so sehr geprägt, dass sie im späteren Leben und vor allem ihr gegenüber so lieblos gewesen war.

„Mein Gott! Mama, das alles wusste ich nicht. Ich verstehe das auch nicht. Großvater war so ein gutmütiger Mann, so liebevoll und fürsorglich mir gegenüber. Sicherlich hat er sich auch oft mit Lotti gestritten, aber jeder ist dann seiner Wege gegangen. Aber nie hätte ich gedacht, dass es je so schlimm gewesen ist!"

Lara schwirrte der Kopf. Sie konnte das alles nicht fassen. So, wie sie ihren Großvater kennengelernt hatte, hätte sie nie vermutet, dass er zu solcher Gewalt fähig gewesen war. Unter welchen absurden Bedingungen hatte Lotti gelebt? Unfassbar, dass sie von all dem nichts geahnt hatte. Sie hatte das Gefühl, ihre Großeltern nie wirklich gekannt zu haben.

„Ja, wenn du bei ihnen warst, war alles gut. Sie liebten dich abgöttisch, beide, und sie hatten auch kein Problem damit, es dir zu zeigen." Es klang vorwurfsvoll, als Viola das sagte, und enttäuscht, aber Lara konnte es verstehen. Ihrem eigenen Kind gegenüber waren sie nicht fähig, Zuneigung zu zeigen oder sie auszusprechen, ihrem Enkelkind gegenüber hingegen schon.

„Großmutter ging aber damals nicht, oder? Großvater hat doch aufgehört, sie zu schlagen, nicht wahr?" Die Hoffnung, die in Laras Stimme mitschwang, war nicht zu überhören.

Viola atmete tief ein. „Doch Schatz, sie ist gegangen."

8

Lara konnte sich kaum darauf konzentrieren, was Jakob ihr erzählte. Sie wurde das Gefühl nicht los, dass das Leben ihrer Großmutter nicht das war, was sie kannte. Und nicht nur sie, auch ihre Mutter schien nicht wirklich zu wissen, wer Lotti tatsächlich gewesen war.

Jakob wurde nicht müde, von Lukas zu erzählen. Nach dem gemeinsamen Treffen mit Enzo hatte er sich noch ein paar Mal mit ihm getroffen und er schien sich ein wenig in den jungen Mann verliebt zu haben. Wobei es so eine Sache war bei Jakob. Er war immer sofort total begeistert, wenn er jemanden kennenlernte, sehr euphorisch und blauäugig. Zu oft wurde er dann verletzt und Lara hatte ein Häufchen Elend vor sich sitzen und die größte Mühe, ihn zu trösten. Seine letzte Beziehung hatte fast ein Jahr gehalten, bis Jakob auf eine wirklich verletzende Art und Weise von seinem damaligen Freund regelrecht abserviert wurde. Lara hatte Jakob einfach unglaublich gerne. Er war ein so fürsorglicher, lebenslustiger und liebevoller Mensch, aber leider eben auch sehr labil und verletzbar. Sie waren seit dem Kindergarten miteinander befreundet und hatten zusammen viele Höhen und Tiefen gemeistert. Nicht zuletzt auch Laras Beziehung mit

Benno. Der war der Grund dafür, dass sich Lara in Zukunft gerne von allen Männern fernhalten würde. Lotti und Jakob halfen ihr vor zwei Jahren über das Ende der Beziehung zu Benno hinweg, den sie in ihrer eigenen kleinen Wohnung mit einer anderen Frau im Bett erwischt hatte. Es war eine schwere Zeit für Lara gewesen, die sie sicher nicht allein überstanden hätte. Umso wichtiger war es ihr jetzt, dass Jakob nicht wieder Hals über Kopf in eine Affäre oder Beziehung schlitterte. Schlechte Erfahrungen diesbezüglich hatten sie beide wirklich genug.

„Er ist so süß zu mir. Stell dir vor, er hat mich ins Theater eingeladen. Ins Theater, Lara, verstehst du? Bisher habe ich niemanden getroffen, der meine Vorliebe fürs Theater teilt. Es ist bestimmt Fügung, dass wir uns getroffen haben. Ich bin richtig verliebt." Jakob sprang förmlich auf der Couch hin und her, als er von Lukas erzählte.

„Das hört sich tatsächlich gut an, aber bitte, du weißt, sei vorsichtig und versuche deine Gefühle noch etwas zurückzuhalten, bis du dir wirklich sicher sein kannst…" Lara wurde in ihrem Vortrag jedoch sofort unterbrochen. „Ach, komm schon, man lebt nur einmal und ich möchte nicht darüber nachdenken, was passieren oder ob ich verletzt werden könnte und und und…jetzt ist jetzt und jetzt möchte ich nichts lieber, als mit Lukas zusammen sein. Und weißt du, er ist genauso verrückt wie ich. Er liebt das Theater, aber eben auch ganz ausgefallene Dinge, extreme Sportarten, Autorennen…Ich glaube wirklich, dass es diesmal der Richtige ist."

Lara hatte keine Chance. Sie konnte nur hoffen, dass sich Jakob nicht verrannte.

„Übrigens treffen wir uns in einer Stunde mit Lukas und Enzo am Kino." Jakob war aufgestanden und fuchtelte mit den Händen. „ Los, wir müssen noch etwas zum Anziehen für dich finden."

Lara verdrehte die Augen. Es war wirklich rührend, dass Jakob versuchte, sie abzulenken und wie immer mit seiner unverbesserlichen Art zu überrumpeln. Doch zu ihrer Überraschung war sie im Moment sogar dankbar dafür und hatte auch überhaupt nichts dagegen, Enzo wiederzusehen. Er hätte Lotti gefallen, da war sie sich ganz sicher. Ein Lächeln stahl sich in ihr Gesicht und Jakob sah es natürlich. „Ich wusste, es würde dir gefallen", sagte er und zwinkerte ihr zu.

Enzo und Lukas winkten ihnen schon von weitem zu. Sie sahen gut aus, die beiden. Und Laras Herz begann ein wenig schneller zu schlagen. Als sie es zu verbergen suchte, stieß Jakob sie neckend in die Seite. Sie wurde rot und starrte Jakob strafend an. Doch er lachte laut auf, flüsterte ihr aber dann leise ins Ohr: „Es wäre doch super, wenn aus uns Vieren zwei Pärchen werden würden, oder?" Da war er wieder, der übereifrige und viel zu euphorische Jakob! Lara schüttelte nur lächelnd den Kopf, auch wenn ihr der Gedanke ganz gut gefiel.

Enzo umarmte Lara. Lange. Es fühlte sich an, als würden sich die beiden schon ewig kennen und ein wunderbar warmes Gefühl durchflutete ihren Körper. Verlegen schaute sie ihm in die Augen, als er sie endlich losließ, so als wollte sie fragen, was gerade mit ihnen geschah. Enzo erwiderte ihren Blick. Erst als Lukas sie mehrmals ansprach, lösten sie den Blick voneinander. „Hey ihr beiden, der Film geht gleich los, wir sollten hineingehen."

Es war nicht zu übersehen, wie sehr sich Lukas und Jakob mochten. Sie bekamen gar nicht mit, worum es in dem Film ging. Es war ihnen wahrscheinlich auch vollkommen egal. Auch wenn es Lara viel zu schnell ging und sie sich Sorgen machte, gönnte sie es Jakob von Herzen, glücklich zu sein. Sie konnte nur beten, dass diese stürmische Beziehung von Dauer sein würde. Zumindest für eine Weile. Hoffentlich.

Wenn sie ehrlich war, hatte auch sie Mühe, dem Geschehen auf der Leinwand zu folgen. Immer wieder schaute sie zu Enzo hinüber, dem es ähnlich zu ergehen schien. Ihre verlegenen Blicke trafen sich immer wieder und als Lara ihr Getränk nehmen wollte, griff er vorsichtig nach ihrer Hand. Sie ließ es geschehen und spürte seine warmen Finger, die sich zaghaft in ihren verschlangen. Immer wieder sah er sie an, ohne sie dabei wieder loszulassen. Bis zum Ende des Films saßen sie so da, ohne ein Wort miteinander zu reden, ohne darüber nachzudenken, was gerade mit ihnen geschah. Sie genossen lediglich den Augenblick, der ihnen beiden das innige Gefühl vermittelte, den Abend noch nicht beenden zu wollen. Die Anziehungskraft war unbeschreiblich, weder Enzo noch Lara hatten so etwas je vorher erlebt.

Als die Freunde beschlossen, noch in eine Bar zu gehen, war Lara erleichtert. Sie hätte in ihrem momentanen Gefühlszustand weder allein zurück in ihre Wohnung gehen, noch mit Enzo allein bleiben können. Sie war durcheinander, wusste nicht, wie sie auf das plötzliche Chaos in ihrem Kopf reagieren sollte und schon gar nicht, wie sie sich das alles erklären konnte. Einen jungen Mann wie Enzo hatte sie noch nie getroffen. Seine Ausstrahlung war einfach umwerfend. Er wirkte selbstbewusst und dennoch ihr gegenüber so unsicher. Laras Erfahrung mit Benno hinderte sie jedoch daran, irgendetwas zu überstürzen und ihren Gefühlen freien Lauf zu lassen, so sehr sich ihr Innerstes auch aufbäumte.

„Es tut mir leid, wenn ich dich in Verlegenheit bringe. Ich habe nicht aufgehört, an dich zu denken, seit ich dich das erste Mal mit Jakob gesehen habe. Glücklicherweise hat mich Jakob kontaktiert, wenn auch aus anderen Gründen." Er grinste verschmitzt und auch Lara musste lächeln. „Ja, er kann manchmal ziemlich hartnäckig sein, wenn er etwas möchte", antwortete Lara. Enzo nickte. „Da ich ihm aber nicht das geben konnte, wonach er gesucht hat, dachte ich gleich an Lukas. Deshalb hatte ich euch gebeten, mich in der WG abzuholen. Vom ersten Augenblick an wusste ich, dass die beiden gut zusammenpassen würden. Ich hoffe, du verzeihst mir, dass ich unser erstes gemeinsames Treffen, wie sagt man, arrangiert habe?" Es war nicht ganz einfach, ernst zu bleiben, aber Lara versuchte dennoch so zu tun, als wäre sie ein wenig böse und würde nachdenken. Als Enzo jedoch immer ängstlicher schaute, musste Lara lachen. Sie fand es einfach süß, wie er sich ihr gegenüber verhielt. „Nein, ich bin dir nicht böse. Zumal deine Taktik diese zwei Burschen hier zusammengebracht hat. Wie könnte ich da böse sein?" Lukas und Jakob waren so in ein Gespräch vertieft, dass sie gar nicht mitbekamen, dass über sie geredet wurde.

„Nur wegen der beiden bist du mir nicht böse?" Enzos Stimme klang etwas bedrückt.

„Nein, ich bin auch froh, dass wir beide uns so ein wenig näher kennenlernen." Selbst Lara merkte, dass das jetzt ein wenig vorsichtig ausgedrückt war. Aber ihn schien es nicht weiter zu stören. Erneut nahm er ihre Hand. „Und ich bin dankbar dafür."

Kaum, dass Lara die Tür zu ihrer Wohnung hinter sich geschlossen hatte und versuchte, den Abend Revue passieren zu lassen, klingelte ihr Telefon. Es war ihr Vater. Sie hatte, seit ihre Mutter vor ein paar Tagen bei ihr gewesen war, nichts mehr von ihnen gehört. Ihr Vater hatte noch einmal angerufen und Viola gebeten, doch dringend in die Kanzlei zu kommen. Es gab einen neuen Fall, über dessen Übernahme er nicht allein entscheiden wollte. Ihre Mutter hatte das Gespräch mit Lara beendet, sich entschuldigt, ihre Zeit in Anspruch genommen zu haben, und war gegangen. Ganz die „Alte", nüchtern, sachlich, objektiv und wieder ganz auf die Arbeit konzentriert.

„Würdest du morgen einmal vorbeikommen? Wir haben noch ein paar Dinge zu klären, was Lottis Erbe betrifft", meinte ihr Vater. „Außerdem glaube ich, deiner Mutter würde es guttun, wenn du uns besuchen würdest und mir natürlich auch."

9

Als Lara bei ihren Eltern ankam, saß ihre Mutter auf der Terrasse und sah verträumt in den weitläufigen Garten. Die Beine dicht an ihren zierlichen Körper gezogen, ein Glas Wein in der Hand, betrachtete sie scheinbar die ersten Herbstboten, die versuchten, den noch immer wärmenden Sonnenstrahlen zu trotzen und durch ab und an aufkommenden Wind die Blätter von den Bäumen zu fegen. Einen Augenblick lang schien die Welt stillzustehen. Es wurde ganz ruhig, es bewegte sich nichts mehr und diese Stille fühlte sich an, als wäre alles im Einklang mit der Natur, dem Leben. Ganz zaghaft kam ein leichter Wind auf und wehte ein Blatt des großen Ahorns auf den kleinen Tisch, an dem Viola saß. Es blieb liegen, als wartete es darauf, in die Hand genommen und betrachtet zu werden. Die herbstlichen Farben spiegelten sich in den Sonnenstrahlen und zauberten dabei ein wunderschönes Lichtspiel. Lara beobachtete ihre Mutter dabei, wie sie das Blatt vorsichtig aufnahm und ansah. Ein zaghaftes Lächeln breitete sich auf ihrem müden Gesicht aus und ließ sich auch nicht von den Tränen vertreiben, die ihr in die Augen stiegen. Lara fühlte wie Viola die Nähe ihrer Großmutter mehr denn je und dieses wärmende Gefühl hinterließ die Gewissheit, dass alles gut war, so wie es war.

Erst jetzt bemerkte Viola ihre Tochter. Sie versuchte, das eben Erlebte beiseite zu schieben, legte das Blatt zurück auf den Tisch und wischte sich die Tränen und damit den magischen Moment einfach weg.

„Lara, was machst du denn schon hier? Ich hatte dich noch gar nicht erwartet." Viola stand auf, räusperte sich kurz und nahm sie in den Arm. „Dann lass uns mal anfangen, Lottis Unterlagen durchzugehen und einen Termin beim Notar zu vereinbaren. Ihr Testament ist dort hinterlegt und es ist wichtig, die Dinge so schnell wie möglich zu klären."

Als Viola ins Wohnzimmer zurückgehen wollte, hielt Lara sie am Arm fest. „Wollen wir uns nicht erst noch ein wenig unterhalten? Papa ist doch noch gar nicht zu Hause und es hat doch sicher noch ein wenig Zeit", bat Lara. Viola betrachtete ihre Tochter und zu deren Überraschung meinte sie: „Du hast recht. Es hat noch Zeit und wir haben davon für uns viel zu wenig."

Die beiden setzten sich gemeinsam auf die Terrasse. Noch immer lag das Blatt auf dem Tisch und bei dessen Anblick lächelten sich die Frauen wissend an. So verschieden waren sie doch nicht, zumindest nicht in diesem Moment...

„Mama, ich möchte gerne mehr über Lotti erfahren. Als du bei mir warst, hast du gesagt, dass sie damals weggegangen ist. Wann war das? Wohin ist sie gegangen? Und wann kam sie wieder?", begann Lara vorsichtig, aber bestimmt. Viola seufzte und sah ihre Tochter an. „Ich kann dir diese Fragen nicht genau beantworten. Darüber wurde in unserer Familie, zumindest als ich noch ein Kind war, niemals gesprochen. Erst viel später, als mein Bruder Hans versuchte, mit Lotti darüber zu reden, habe ich ein paar Einzelheiten erfahren. Nicht viel, sodass ich mir einen Reim darauf hätte machen können, aber doch so viel, dass ich verstand, wie sehr Hans darunter gelitten haben muss. Wie ich dir schon erzählte, wusste ich von meiner Mutter, dass mein Vater sie in seiner aufbrausenden Art oft geschlagen und auch vor meinem Bruder nicht halt gemacht hatte. Das habe ich später selbst einmal miterlebt und ich war so schockiert, dass ich niemals mit jemandem darüber sprechen konnte. Als Lotti meinem Vater gedroht hatte, ihn zu verlassen, wurde es für eine kurze Zeit besser. Doch als Hans etwas größer wurde und vielleicht auch ab und zu etwas ungezogen war, begann mein Vater wieder, wütend zu werden. Natürlich stand er noch immer unter dem Einfluss seiner Eltern, die ja mit im Haus lebten und Lotti noch immer nichts Gutes abgewinnen konnten. Sie erzählte mir, dass ihre Schwiegereltern ihr Hans auch oft abnahmen, weil sie ihrer Meinung nach unfähig war, sich um ihn zu kümmern. Bei meinem

Vater wurde es so dargestellt, als hätte sie meinen Bruder zu ihnen abgeschoben, um sich nicht um ihn kümmern zu müssen. Ich kann mir gut vorstellen, wie schwierig diese Situation für Lotti gewesen sein muss, immer in Angst vor den Schwiegereltern und dem eigenen Mann leben zu müssen. Irgendwann muss sie dann weggegangen sein. Allein."

„Sie hat Onkel Hans nicht mitgenommen?", fragte Lara verwundert nach. „Nein, sie ist allein gegangen. Ich weiß nicht, wann, ich weiß nicht, wie lange und wohin sie gegangen ist. Darüber hat sie nicht mit mir geredet. Ich weiß nur, dass es einschneidend für Hans gewesen war. Er muss sehr darunter gelitten haben. Er hat seiner Mutter noch im hohen Alter vorgeworfen, ihn im Stich gelassen zu haben, und das Verhältnis der beiden war dadurch sehr schlecht geworden. Sie hatte nie mit ihm darüber reden, es ihm nie erklären wollen oder können. Vermutlich wollte sie dieses Ereignis einfach aus ihrem Leben verbannen, so als wäre es nie geschehen. Ich kann es mir nur so erklären, dass Lotti Hans nicht mitnehmen konnte, weil es ihre Schwiegereltern vielleicht nicht zugelassen haben."

Laras Gedanken schwirrten wild durcheinander. So vieles konnte sie sich nicht erklären. „Wenn Onkel Hans dieses schlimme Erlebnis, ohne seine Mutter zu sein, nie verwunden hat, muss es eine lange Zeit gewesen sein, in der Lotti nicht bei ihm war. Wenn es nur von kurzer Dauer gewesen wäre, ein paar Wochen vielleicht, hätte der Verlust Onkel Hans sicher nicht so tief verletzt, wie er es getan hat. Ich verstehe das alles nicht. Wo war sie und warum ist sie dann wieder zurückgekommen?" Viola zuckte nur unwissend mit den Schultern. „All diese Fragen hätte einzig Lotti beantworten können, aber dazu war sie nie bereit oder fähig und jetzt ist es zu spät."

Schweigend saßen die Frauen nebeneinander und nippten an ihren Gläsern. Es war so unglaublich verworren, undurchsichtig und unverständlich. Lara dachte wieder an die Geschichte, die Lotti kurz vor ihrem Tod begonnen hatte zu erzählen.

„Kennst du einen Mann namens Jacques?", fragte sie. Viola schaute sie verwundert an. „Nein, das tue ich nicht. Wie kommst du denn jetzt darauf?" „Lotti kannte ihn, sehr gut sogar."

Lara erzählte ihrer Mutter, worüber ihre Großmutter mit ihr geredet hatte. Sie hatte ihre Mutter ja bereits nach der Kette gefragt, die sie vor einiger Zeit bei Lotti gefunden hatte. Ihr selbst gegenüber war sie nicht so wütend geworden wie damals, als Viola diese Kette mit dem Mond als Anhänger gefunden hatte. Lara berichtete über Jacques, wie er Lotti kennengelernt hatte, wie sie ihre gemeinsame Zeit miteinander verbracht hatten, sich ineinander verliebten, wie sie sich, während Jacques in Frankreich war, Briefe schrieben, bevor er wieder zu Besuch kam und wie sie schließlich voneinander getrennt wurden. Viola schaute Lara ungläubig an, so, als würde sie über etwas vollkommen Abwegiges reden. Nach einer Weile des Schweigens räusperte sich Viola: „Das hört sich ja alles recht süß an und es freut mich, dass meine Mutter in ihrer Kindheit und Jugend einen solch lieben Freund hatte. Ich verstehe aber immer noch nicht, was das mit diesem Amulett zu tun hat, welches Lotti ja offensichtlich von ihrem Vater geschenkt bekommen hat." „Na ja", antwortete Lara, „Sie hat Jacques die Kette und das Amulett geschenkt, als der Krieg ausgebrochen war und sie sich das letzte Mal gesehen haben." Jetzt verschlug es Viola vollkommen die Sprache. Das war alle zu viel auf einmal. Zu verworren und beängstigend zugleich, zu viele Informationen über eine Frau, die ihre Mutter gewesen war, die sie aber offensichtlich überhaupt nicht gekannt hatte.

„Mama, wie kam diese Kette wieder zurück in Lottis Besitz?" Viola hob abwehrend die Hände. „Das weiß ich nicht und wenn ich ehrlich bin, möchte ich das auch gar nicht wissen. Vielleicht wurde sie ihr geschickt, vielleicht sogar von Jacques selbst, als er geheiratet hatte oder was auch immer!"

„Das erklärt aber nicht den Brief", entgegnete Lara.

„Welchen Brief?", fragte Viola etwas gereizt.

„Den Brief, den ich neulich bei ihren Sachen gefunden habe. Er wurde in französischer Sprache verfasst, 1949 in Toulon/Frankreich abgeschickt und ist unterzeichnet mit einem J."

10

Nach dem Gespräch mit ihrer Mutter war Lara verstört nach Hause gefahren. Eigentlich hatte sie darauf gehofft, noch länger mit Viola reden und einen schönen Abend mit ihr verbringen zu können, aber als ihr Vater nach Hause gekommen war, hatte diese die Gelegenheit genutzt, die Unterhaltung ohne ein weiteres Wort zu beenden. Lara konnte es sich nicht erklären, warum es ihre Mutter mit einer solchen Entschlossenheit verweigerte, noch über Lotti zu reden. Sie selbst musste ja zugeben, dass alles ein wenig viel für Viola gewesen sein musste, aber dann so rigoros und ablehnend zu reagieren, fand Lara sehr übertrieben und auch ein wenig verletzend. Sie hatte einige Zeit gebraucht, das Zusammentreffen mit ihrer Mutter zu verarbeiten, und als sie ihre Eltern beim Notar wiedersah, war Viola noch immer sehr verhalten. Es kam Lara fast so vor, als würde ihre Mutter sie meiden, nur um zu verhindern, dass das Gespräch wieder auf Lottis Geschichte kam.

Ihre Großmutter hatte ihr Haus ihrem Sohn vermacht, der bereits vor einigen Jahren verstorben war. Seine Familie verhandelte bereits den Verkauf. Der Großteil des Geldes, welches sie gespart hatte, sollte an Viola und die Familie von Hans zu gleichen Teilen gehen. Für

Lara hatte ihre Großmutter extra einen Umschlag hinterlassen. Der Notar bat alle anderen Familienmitglieder, den Raum zu verlassen, bevor er den Umschlag an Lara weiterreichte. Er war mit Lottis Handschrift versehen: Persönlich. Für meine liebe Enkeltochter Lara. Unsicher öffnete Lara den Brief und begann langsam zu lesen:

Mein liebes Kind,

wenn du diese Zeilen vor dir hast, bin ich nicht mehr bei dir und das tut mir unendlich leid. Ich möchte nicht, dass du traurig bist, denn ich weiß, dass ich eine wunderbare und einzigartige junge Dame zurücklasse, die auf eigenen Beinen steht und ihren Weg geht. Ja, ihren Weg und nicht den, den sie glaubt, gehen zu müssen. Ich weiß, wie wichtig es dir ist, es allen recht zu machen, aber du solltest beginnen, es allein dir recht zu machen. Mach nicht den gleichen Fehler wie ich und tue das, was andere von dir erwarten. Tu das, was du möchtest und lebe dein Leben, genauso, wie du es dir vorstellst und wünschst. Ich hätte sicher gerne noch viel mehr Zeit mit dir verbracht, um dich zu begleiten und zuzuschauen, wie du dein Glück mit deinen eigenen Händen ergreifst und mit deinem Herzen fühlst. Geh hinaus in die Welt und finde dein Glück, finde dich!

Unser Leben ist endlich und ich habe viel von dir gelernt und bin stolz auf dich. So sehr! Ich habe dich tief in meinem Herzen, welches voller Liebe für dich ist, dass ich so immer bei dir sein werde.

In Liebe Lotti

Diese Zeilen ihrer Großmutter machten Lara einerseits glücklich, glücklich darüber, dass sie es auch über den Tod hinaus noch verstand, sie zu ermutigen, zu motivieren, auf ihr Herz zu hören und Liebe zuzulassen. Andererseits befiel sie eine tiefe Traurigkeit darüber, dass Lotti selbst diese Liebe nicht erfahren hatte und sie auch nicht so an ihre eigene Tochter weitergeben konnte, wie sie es gewollt hatte. Die Gründe dafür waren mit ihr gegangen und hinterließen so viele Fragen, Fragen nach ihrem Leben, welches das ihrer Kinder so geprägt hatte. Ihre Worte, wie leid es ihr getan hatte, nie über ihre wahre Geschichte zu reden und damit auch Leid über ihre Familie gebracht zu haben, kamen Lara wieder in den Sinn. Es war ihr wichtig gewesen, diese Geschichte noch zu erzählen, bevor sie gehen musste. Um einiges wieder gutzumachen vielleicht, um ihre Last loszuwerden. Doch jetzt war es Lara nicht einmal möglich, mit Viola darüber zu reden. Sie war verschlossener denn je nach ihrem letzten Gespräch und Lara konnte nur hoffen, dass ihre Mutter mit allem, was geschehen war, umgehen und wieder auf sie zugehen konnte.

Betroffen verließ Lara das Büro des Notars. Ihre Eltern hatten auf sie gewartet und sahen sie erwartungsvoll an. Lara aber senkte nur traurig den Kopf. Jetzt war sie diejenige, die mit ihren Gedanken allein sein wollte.

Als später am Abend Jakob bei ihr vorbeikam, war sie froh, aus ihrem Tief herauszukommen. Bei Jakob gab es einfach keine schlechte Stimmung. Er war immer bestens gelaunt und im Moment lag es wohl auch an Lukas. Er tat ihm offensichtlich sehr gut. So euphorisch hatte Lara ihren Freund lange nicht gesehen und sie war glücklich darüber.

Sie erzählte Jakob alles. Auch von den Gesprächen mit ihrer Mutter. Es ergab sich einfach so, obwohl sie es eigentlich gar nicht wollte. Aber irgendwie tat es auch gut, mit jemandem zu reden, der sie zwar sehr gut kannte, aber nicht der Familie angehörte. Als Lara geendet hatte, schaute sie Jakob fragend an. Er wiederum starrte auf den Brief, die einzelnen Bilder von Lotti und dann auf Laras Kette. Als er auch nach einigen Minuten nichts sagte, wurde Lara ungeduldig. „Warum sagst du denn nichts?"

„Weil mir nichts einfällt", antwortete Jakob ehrlich. „Warum kann bei dir nicht einmal etwas einfach sein?

Das ist doch alles wahnsinnig verwirrend?" Jakob warf übertrieben den Kopf nach hinten und entlockte damit Lara das erwünschte Lächeln. Er konnte es einfach. Sie zum Lachen bringen, auch wenn ihr zum Heulen war und er konnte sie auch wieder auf den richtigen Weg bringen, wenn sie sich verrannt hatte.

„Ich bekomme das einfach nicht aus dem Kopf. Aber ich weiß überhaupt nicht, wie ich dieser ganzen Sache auf den Grund gehen soll", sagte Lara resignierend. „Einerseits möchte ich wissen, was in Lottis Leben geschehen ist und warum es ihr so wichtig war, es mir noch zu erzählen. Andererseits kann ich mit meiner Mutter darüber überhaupt nicht reden. Sie hat sich mir und auch dieser Angelegenheit komplett verschlossen. Vielleicht sollte ich einfach alles vergessen und weitermachen wie bisher. Die Erinnerung an Lotti bleibt mir, egal, was ich tue."

„Oder, du gehst auf die Suche nach Antworten auf deine Fragen", sagte Jakob. Verwirrt schaute Lara ihren Freund an. „Wie meinst du das?", fragte sie nach, wohl wissend, dass seine Argumentation ihr nicht gefallen würde. Er neigte nicht selten zu extremen Ideen, an deren Umsetzung er entweder scheiterte oder selbst dabei nicht gut wegkam.

„Schau, wir haben noch fast zwei Monate, bis das nächste Semester beginnt. Vielleicht sollten wir Urlaub machen, etwas „die Sau raus lassen", einfach Spaß haben und nebenbei schauen, ob wir etwas über Lottis Geschichte erfahren können." Den Kopf ungläubig zur Seite neigend, sah Lara ihren Freund an. „Na ja, ich war gestern mit Lukas im Theater. Er hat mir erzählt, dass Enzo in ein paar Tagen wieder zurück nach Frankreich geht. Wir haben darüber geredet, ihn vielleicht zu begleiten, ein wenig Urlaub machen, uns das Land anschauen…". „Du und Lukas? Ihr beiden wollt zusammen Urlaub machen? Nach so kurzer Zeit? Bist du dir sicher, dass du da nicht etwas übereilt reagierst?" Lara klang fast wie ihre Mutter. „Süße, wir haben in letzter Zeit fast jeden Tag und jede Nacht miteinander verbracht. Und es war wunderbar. Mit dir habe ich noch keine Nacht verbracht, aber ich würde trotzdem mit dir in den Urlaub fahren!" Jakob grinste Lara provozierend an. Und sie bekam den Mund vor Erstaunen nicht mehr zu. „Ich kann es mir ja mal überlegen", antwortete sie, als sie die Fassung wiedererlangt hatte. Dieser unverbesserliche Kerl.

„Wir haben auch schon mit Enzo darüber gesprochen. Er fand die Idee übrigens auch super." Jetzt reichte es Lara aber. Sie nahm das Kissen, welches sie auf dem Schoß liegen hatte, und warf es nach Jakob. „Du bist unmöglich!", lachte sie.

Nachdem sich Jakob verabschiedet hatte, musste Lara ihre kleine Wohnung wieder in Ordnung bringen. Ihre Wurfattacke war zu einer wilden Kissenschlacht ausgeartet und dabei waren ihre Gläser und eine

Flasche zu Bruch gegangen. Sie musste lächeln, als sie die Scherben wegfegte. Jede einzelne Scherbe war es wert gewesen. Sie war so glücklich, Jakob zu haben.

Nach einer traumreichen Nacht saß Lara ziemlich verloren an ihrem Tisch im Wohnzimmer. Der Tee schmeckte nicht sonderlich gut und auch auf ihr Müsli hatte sie keinen Appetit. Die wirren Träume hielten sie noch immer gefangen und beherrschten ihre Gedanken. Sie hatte Lotti gesehen und sie immer wieder gebeten, ihre Geschichte weiterzuerzählen, doch sie hatte nur gelacht und war dann einfach verschwunden. Dann sah sie Enzo, wie er mit ihr tanzte und plötzlich eine andere Frau im Arm hatte. Sie sah auch Jakob und Lukas, die die unmöglichsten Dinge zusammen machten, wie zum Beispiel gemeinsam eine Klippe hinunterzuspringen… Lara spürte wie im Traum noch immer die Angst, dass den beiden etwas passieren könnte. Sie sah alles noch so klar vor sich, dass sie wirklich Mühe hatte, sich auf die Realität zu konzentrieren.

Diese sah jedoch ziemlich ernüchternd aus. Sie hatte Semesterferien und absolut nichts vor. Vielleicht sollte sie Maria anrufen und fragen, ob sie mit ihr in die Stadt gehen würde, aber so richtig Lust hatte sie eigentlich nicht.

Die Sonne schien ihr direkt ins Gesicht und kitzelte ihre Nase. Lara verzog nachdenklich den Mund und dachte an den Moment mit ihrer Mutter auf der

Terrasse zurück. Sie hatte daran geglaubt, dass Lotti es gewesen war, die das Ahornblatt auf den Tisch geweht hatte, genau so, wie sie es vielleicht jetzt war und ihr mit den Sonnenstrahlen die Nase kitzelte. Lara nahm dies lächelnd zum Anlass, ihre Staffelei herauszuholen. Sie hatte lange nicht mehr gezeichnet, doch jetzt schien es ihr der richtige Zeitpunkt. Sie öffnete die Balkontür und ließ die warme Herbstluft herein. Würden nicht einige Bäume langsam ihre Blätter verlieren, würde man nicht vermuten, dass der Herbst nicht mehr allzu lange auf sich warten ließ. Der Pinsel flog nur so über die Leinwand und eh es sich Lara versah, war es Mittag. Aus ihrer Laune heraus war ein kleines Kunstwerk entstanden, eine wunderbare Farbmischung, die Laras Gefühle widerspiegelte. Ein heilloses Durcheinander würde der eine sagen, ein geniales, energetisches und bahnbrechendes Bildnis einer neuen Epoche ein anderer. Lara selbst war zufrieden. Das Zeichnen hatte ihr geholfen, den Kopf wieder frei zu bekommen. Sie nahm ihr Handy, rief Marie an und verabredete sich mit ihr in einem netten Café in der Stadt.

11

Ein Glas Sekt zuviel, dachte Lara, als sie am frühen Abend nach Hause kam und Mühe hatte, das Schlüsselloch zu finden.

„Kann ich dir helfen?"

Lara drehte sich erschrocken um und fiel Enzo dabei fast in die Arme. Er lachte nur, nahm ihr den Schlüssel ab und öffnete die Tür. Ohne ein weiteres Wort ging er in die Küche, die nicht schwer zu finden war, und kam wenig später mit einem Kaffee zurück. Lara hatte sich, wie sie war, aufs Sofa gesetzt und versuchte, wieder ein bisschen zu Verstand zu kommen. Als Enzo plötzlich mit einem Kaffee vor ihr stand, wusste sie, dass sie gerade keine Fata Morgana gehabt hatte. Er setzte sich neben Lara, die ihn verdutzt ansah. „Was machst du denn hier?",fragte sie und nippte dabei an ihrem Kaffee. „Dir Kaffee kochen, was sonst", antwortete er trocken, so dass Lara fast den Kaffee verschüttet hätte. Schlagfertig war er ja, der kleine Franzose. „Komm bitte mit uns, ich würde mich so sehr darüber freuen und ich könnte dir alles zeigen."

Lara zog die Augenbraue hoch und musterte ihn verständnislos. „Jakob hat mir alles erzählt. Wirklich alles und ich finde, dass du mitkommen solltest nach Frankreich." Jetzt verstand Lara endlich. Es ging um diesen Urlaub. Darüber hatte sie noch gar nicht wieder nachgedacht. Es ging ihr auch ein bisschen schnell, wenn sie ehrlich war. In dieser Hinsicht ähnelte sie Jakob überhaupt nicht. Sie war eher diejenige, die über alles ein paarmal mehr nachdachte, bevor sie etwas tat.

„Jakob hat mir auch erzählt, dass es vielleicht eine Verbindung zwischen deiner Großmutter und Toulon gibt. Und wenn ich ehrlich bin, finde ich es richtig spannend. Ich habe noch ein paar Wochen Zeit, bis mein letztes Semester beginnt, wir können versuchen, etwas herauszufinden, wenn du möchtest. Du hast einen Brief gefunden, meinte er?" Obwohl Lara etwas überrumpelt war, fand sie es doch auch sehr nett von Enzo, ihr seine Hilfe anzubieten. Sie begann, Gefallen an der Idee zu finden, mit den Jungs in den Urlaub zu fahren und nicht nur deshalb, weil sie so die Möglichkeit hatte, etwas Licht in das undurchsichtige Geheimnis ihrer Großmutter zu bringen, sondern auch, weil sie bemerkte, wie sehr sie Enzos Gegenwart genoss. Sie hatte ihren Kaffee bereits leergetrunken und fühlte sich schon sehr viel besser. Sie stellte wortlos die Tasse ab, nahm den Brief vom Tisch und gab ihn Enzo. Er las ihn und schaute Lara fragend an. „Du kannst das sicher lesen, oder?", fragte er. „Nicht alles, muss ich gestehen. Ein paar Formulierungen kenne ich nicht, aber im Großen und Ganzen handelt es sich wohl um eine Art Liebesbrief", antwortete Lara. „Ja, das stimmt."

„Meine liebste Lotti!

Es ist unzählig viele Jahre her, dass wir uns das letzte Mal gesehen haben. Mein Deutsch ist nicht mehr so gut, deshalb schreibe ich Dir in meiner jetzigen Muttersprache. Der Krieg hat so viel Leid über uns alle gebracht, er hat uns voneinander getrennt, sodass es eine lange Zeit nicht mal mehr möglich war zu schreiben. Umso mehr hoffe ich, dass dieser Brief bei Dir ankommt und Du wohlbehalten bist. Ich möchte gar nicht so viel sagen, sondern Dich einfach wiedersehen. Der Krieg ist vorbei und ich wünsche mir so sehr, dass Du mich besuchen kommst, bitte. Ich kann nur hoffen, dass Du Dein Leben nicht bereits mit einem anderen Mann teilst. Ich habe auf Dich gewartet, immer. Ich habe Dich über so viele Jahre vermisst. Bitte bereite meinem Leiden ein Ende und komm zu mir. Meine Adresse hat sich nicht geändert, Du findest mich also, wenn Du es wirklich möchtest. Bis zu unserem Wiedersehen bete ich jeden Tag und halte Deine Kette dabei fest umschlungen. Sie war und ist mein ständiger

Begleiter und mein Glücksbringer, denn sie erinnert mich jede Minute an Dich.

Ich hoffe, Dich bald in die Arme schließen zu können.

In ewiger Liebe

J. "

Lara hatte die Hände vors Gesicht gelegt und kämpfte mit den Tränen. Der Brief konnte nur von Jacques sein und er hatte Lotti über all die Jahre geliebt. War es möglich, dass sie ihre Familie verlassen hatte, um nach ihm zu suchen? Sie betrachtete das Foto des jungen Mannes, welches dem Brief beigelegt war. Als sie es Enzo zeigte, nickte er: „Das ist ein junger Soldat aus der französischen Armee im zweiten Weltkrieg. Was ich allerdings etwas irritierend finde, ist, dass die Handschrift im Brief eher zu einer Frau passen würde, findest du nicht?" Er schaute noch einmal etwas skeptisch auf den Brief und studierte dann das Foto etwas näher. Auf der Rückseite las er das Datum: 25.4.1944. Die gleiche geschwungene Handschrift wie im Brief. Der Brief war jedoch auf den 1.6.1946 datiert. Das musste aber nichts weiter bedeuten. Wann er allerdings bei Lotti angekommen war, war nicht nachvollziehbar. Als sich Enzo den Umschlag genauer ansah, meinte er: „Wenn ich den Stempel richtig lesen kann, wurde der Brief in Toulon abgeschickt. Das ist keine zwei Stunden von meinem Heimatort entfernt", meinte er lächelnd. „Die Familie meiner Großmutter stammt von dort."

„Wie meinst du das, es wäre eine weibliche Handschrift?", fragte Lara verwundert. „Na ja, irgendwie passt für mich der Inhalt des Briefes nicht mit der Handschrift zusammen. Zumindest könnte man meinen, dass die Handschrift eher zu einer Frau passen würde", sagte Enzo nachdenklich. „Aber wenn man davon ausgeht, dass die Zeilen tatsächlich von Jacques stammen, hatte er wohl eine ausgenommen weibliche Schrift." Lara war das gar nicht aufgefallen. Vielleicht war es auch einfach nur untypisch für einen Mann oder er hatte eine künstlerische Ader.

Um ein wenig vom Thema abzulenken und weil Enzo bemerkte, dass er Lara noch mehr durcheinandergebracht hatte, fragte er sie nach ihrem Studium. Dass er damit einen wunden Punkt erwischt hatte, konnte er nicht erahnen. Lara stöhnte kurz auf, bevor sie ihm antwortete: „Ich hasse das Jurastudium, wenn ich ganz ehrlich bin. Es hat mit mir überhaupt nichts zu tun, ich werde mich nie daran gewöhnen und es wird mir auch nie nur ansatzweise gefallen. Ich studiere Jura nur aus dem Grund, weil es meine Eltern gerne möchten. Es ist ihr Traum, dass ich später ihre Kanzlei übernehme." So deutlich hatte Lara niemals ausgesprochen, was sie von ihrem Studium hielt und sie war erschrocken darüber, wie leicht es ihr in Enzos Gegenwart gefallen war, ihre wahren Gefühle zu äußern.

„Aber was ist dein Traum, Lara?" Er ließ nicht locker. Er hatte bemerkt, wie wichtig es für sie war, endlich einmal nur über ihre eigenen Bedürfnisse zu reden. Lara wurde nachdenklich. „Es klingt vielleicht etwas seltsam, aber ich wollte schon als kleines Kind die Welt bereisen und andere Kulturen kennenlernen und das nicht nur aus Lehrbüchern, sondern tatsächlich vor Ort. Ich interessiere mich sehr für Geschichte, mittelalterliche Geschichte im Besonderen und für Kunst. Gerne hätte ich mich für dieses Fach an der Uni eingetragen… Ich zeichne auch sehr gerne. Aber all das ist natürlich nichts, womit man seine Brötchen verdienen und bei weitem nicht so erfolgreich sein kann, wie es meine Eltern von mir erwarten." Lara senkte traurig den Blick. Enzo nahm seinen ganzen Mut zusammen und rückte näher an sie heran. Vorsichtig hob er ihr Kinn an und schaute ihr in die Augen. Laras Gefühle überschlugen sich. Sie verfing sich in seinem Blick, seine wunderschönen Augen, die einem Wasserfall ähnelten, die verschiedenen Blautöne spiegelten sich ineinander und fast meinte Lara, durch die Tiefe seiner Augen in seine Seele schauen zu können…in eine Seele, die beruhigend, weise und dennoch verführerisch jung erschien. Eine Seele, die ihrer glich und dennoch nicht so bedrückt und überschattet war wie ihre eigene. Gedankenfetzen gingen ihr durch den Kopf, die letzten Zeilen ihrer Großmutter: Gehe deinen eigenen Weg…greife dein Glück mit den Händen, wenn du es mit deinem Herzen fühlst…Und Lara gab genau diesem neuen Gefühl nach. Zaghaft berührte sie Enzos Lippen, vorsichtig, um nichts falsch zu machen, zu spüren, ob wieder Angst oder Enttäuschung in ihr aufkamen…doch so war es nicht. Und als er ihren Kuss erwiderte, durchflutete ihren Körper ein so herrlich warmer und prickelnder Strom, den sie nie zuvor gespürt hatte. Ihre Hände berührten sich, strichen sanft über den Körper des jeweils anderen, vorsichtig, um jeden einzelnen Millimeter zu erfahren, zu erspüren, die unglaublich wundervolle Energie zu fühlen, die sie beide umgab. Es war unmöglich, sich dieser Magie zu entziehen, selbst wenn die Zweifel versuchten, sich über ihre Seelen hinwegzusetzen…es war wunderbar aussichtslos. Sie hatten nichts zu verlieren…im Gegenteil. Für einen kurzen Moment hielten beide inne…sie sahen sich erwartungsvoll an, ihr Puls war so hoch, dass er fast zu hören war…sie warteten, sagten nichts, wollten sich vergewissern, ob sie wirklich das Richtige taten und lächelten sich schließlich wissend an. Aus den zuvor noch vorsichtigen und zaghaften Berührungen wurden wilde und stürmische. Sie hielten sich aneinander fest, wie Ertrinkende, als hätten sie Angst, sich jeden Moment zu verlieren. Eine unsichtbare Hülle voller

Energie umgab sie und ließ ihnen keine Möglichkeit des Entkommens. Die unglaublich sanften und zugleich fordernden Berührungen, die unzähligen Küsse, mit denen Enzo Laras ausgehungerten Körper bedeckte, ließen sie langsam den Verstand verlieren. Sie wollte nicht, dass er jemals wieder damit aufhören würde, zog ihn fester an sich, so nah es nur irgend möglich war, fühlte, wie sich ihr Körper mit seinem auf einer Ebene vereinigte, die sie bisher nicht gekannt hatte...

*

Die ersten Sonnenstrahlen fielen in den Raum, als Lara langsam die Augen öffnete. Vorsichtig versuchte sie einzuschätzen, ob sie gerade aus einem wunderschönen Traum erwachte. Sie lauschte, lauschte ihrem eigenen Herzschlag, der sich nur widerwillig beruhigt hatte, und hörte das gleichmäßige Atmen des Mannes, in dessen Armen sie lag. Glücklich strich Lara über seinen Arm und als er erwachte, spürte sie seinen sanften Kuss auf ihrer Stirn. Sie schloss die Augen wieder, um sich von dem wohligen Gefühl seiner Nähe gefangen nehmen zu lassen. Ein erneuter Traum bahnte sich seinen Weg in ihr Bewusstsein, der von Sehnsucht erfüllt wurde, Sehnsucht, dieses Glücksgefühl nie wieder entbehren zu müssen. Sie sah Lotti vor sich, die ihr die Hand entgegenstreckte. Sie griff danach und die Vertrautheit und tiefe Zuneigung kehrten in ihr Herz zurück…Lara spürte die Sicherheit, das Gefühl, zu Hause zu sein und das tiefe Vertrauen, angekommen zu sein. Als sich die Hand ihrer Großmutter wieder aus ihrer löste und sie zuversichtlich lächelnd langsam verblasste, hinterließ die Begegnung nicht mehr diesen unbeschreiblichen Schmerz, den Lara nur allzu gut kannte. Sie spürte tiefen Frieden…

Es musste bereits Mittag sein, als sie aus ihrem Traum zurückkehrte. Enzo lag nicht mehr neben ihr und für einen Augenblick erschrak sie. Doch als sie sich verschlafen aufsetzte, bemerkte sie die offene Terrassentür. Er saß nach vorne gebeugt auf dem kleinen Stuhl und schien etwas zu betrachten. Als Lara näher kam, sah sie, dass es ihr Bild was, das sie am Vortag gemalt hatte. Noch bevor sie ihre Hände auf seine Schultern legen konnte, bemerkte er sie. „Weißt du eigentlich, was für ein Talent du hast?" Lara küsste ihn zärtlich ans Ohr. „Nein", flüsterte sie leise. Schnell drehte sich Enzo um und nahm ihre Lippen mit seinen auf. „Das hast du, wirklich", sagte er leise. „Dieses Farbenspiel ist eine wahre Explosion. Es zeigt die momentane Verwirrung deiner Seele, aber die hauptsächliche Botschaft ist Hoffnung. Sehe ich das richtig?"

„Was bist du, ein Kunstversteher?", neckte sie ihn. Mit einer schnellen Bewegung packte er sie und zog sie auf seinen Schoß. „Natürlich bin ich das! Ich studiere ja schließlich Kunst in Lyon." Jetzt war es Lara, die ihn erstaunt anschaute. „Wirklich?"

„Ja, wirklich. Und es ist wunderbar. So wie du." Lara lachte und verdrehte die Augen. „Das klingt ja sooo romantisch." Diese Aussage brachte ihr eine erneute Kussattacke ein. „Das ist mein französischer Charme!", antwortete Enzo.

Ehe Lara sich versah, hatte er sie zurück ins Bett getragen. Sie konnte seinen Liebkosungen nicht entgehen und sie wollte es auch gar nicht. Sie genoss in vollen Zügen seine ungezügelte Leidenschaft, die sich mit ihrer im gleichen Rhythmus bewegte und beide auf einer Welle der Lust davontrug…

„Ja", sagte Lara leise, als sie später zusammen auf der Couch saßen und Tee tranken. Erstaunt sah Enzo sie an. „Ich werde mit euch Verrückten nach Frankreich fahren und ich würde mich sehr darüber freuen, wenn du mir alles zeigen würdest." Nichts hätte Enzo in diesem Moment glücklicher machen können und nichts ließ in diesem wunderbaren Augenblick erahnen, welchem Schicksal sie begegnen würden…

119

12

Es war einigermaßen schwierig gewesen, ihre Eltern davon zu überzeugen, für ein paar Wochen auszuspannen und mit Jakob nach Frankreich zu fahren. Viola hatte ein wenig konsterniert reagiert. Lara war sich nicht sicher, ob es wegen des Urlaubs allgemein oder dass es ausgerechnet Frankreich sein musste. Von ihren Plänen, etwas über Jacques und die Kette ihrer Großmutter herausfinden zu wollen, sagte Lara natürlich nichts. Zu sehr hatte sie ihre Mutter mit dieser Geschichte aufgewühlt.

Lara erwähnte auch Lukas und Enzo, aber nur nebenbei. Sie wollte noch nicht viel erzählen, es war noch zu früh und auch Jakobs Beziehung zu Lukas behielt sie lieber für sich. Ihre Eltern wussten zwar, dass Jakob homosexuell war, das hieß aber noch lange nicht, dass sie es für gut befanden. Sie mochten ihn dennoch wie einen Sohn und das war auch der Grund, warum sie Lara schließlich ohne weitere Moralpredigten mit ihm fahren ließen.

Lukas´ Vater leitete ein Autohaus und so war es für ihn kein Problem, ein etwas größeres Wohnmobil zu mieten. Die Konditionen waren so gut, dass sich die vier keine Gedanken machen mussten und auch Enzo war so nicht mehr auf den Zug angewiesen. Die Fahrt ging schon recht lustig los und verhieß den Freunden ein paar Wochen voller Abenteuer, Kultur und Entspannung. Lukas war wie Jakob einer der Typen, die sich nichts entgehen ließen, was auch nur im Entferntesten mit Feiern und Adrenalin zu tun hatte. Und so diskutierten die beiden während der Fahrt angeregt darüber, welche angesagten Clubs sie besuchen sollten und sogar von Bungee Jumping und House Running war die Rede. Lara schüttelte nur den Kopf. Da hatten sich wahrlich zwei gefunden, die verrückter nicht sein konnten. Einerseits theaterbegeistert, andererseits vollkommen von Adrenalin besessen. Dass es in Frankreich weit mehr zu sehen und zu erleben gab, schien den beiden egal zu sein.

Enzo hingegen hatte sich überlegt, erst der Stadt der Liebe einen Besuch abzustatten. Dort kannte er sich besonders gut aus, weil er die Chance bekommen hatte, ein Semester in Paris zu studieren. Anschließend sollte es weiter über Lyon nach Toulon/Cannes gehen, der Stadt, aus dem Lottis Brief stammte. Er hoffte sehr für Lara, dass sie etwas herausfinden würden, auch wenn er selbst nicht wirklich daran glaubte. Es war einfach zu viel Zeit vergangen und der einzige Anhaltspunkt waren diese Zeilen und der Name Jacques. Davon gab es natürlich Millionen in Frankreich und es war sehr wahrscheinlich recht aussichtslos. Dennoch sollten sie es versuchen.

Lara war bereits seit einiger Zeit damit beschäftigt, sämtliche Schlösser und historischen Stätten herauszusuchen, die sie unbedingt besichtigen wollte. Enzo sah ihr mit Begeisterung dabei zu, wie sie dasaß, die Reiseführer durchblätterte und im Internet nachschaute. Sie hatte sich einen Notizblock gesucht, sich einen Stift in die Lockenmähne gesteckt und wirkte so konzentriert, dass es einfach bezaubernd war, sie anzuschauen.

„So, fertig. Meinst du, wir schaffen das alles?" Lara hielt ihm stolz ihre Liste hin. Er musterte kurz ihre Aufzeichnungen und verzog dann gespielt enttäuscht den Mund. „Was ist? Können wir da nicht überall hin?" Enzo setzt sich ihr gegenüber und schaute ihr tief in die Augen. „Du wirst dich wohl entscheiden müssen. Wenn du all diese Sehenswürdigkeiten anschauen möchtest, sind wir Tag und Nacht unterwegs und wir haben keine Minute Zeit mehr für uns. Es sei denn, wir verlängern unsere Reise um ein paar Monate. Möchtest du das wirklich?" Lara lachte erleichtert auf. „In Ordnung, dann streichen wir einige Dinge, übernimm du das einfach." Sie fühlte sich so ungewöhnlich vertraut mit Enzo, als würden sie sich schon ewig kennen. Als

Lukas in eine Kurve lenken musste, nutzte Lara die Chance, sich auf ihn fallen zu lassen. Noch bevor er reagieren konnte, übersäte sie ihn mit Küssen. Er war ein wenig überrascht, denn die beiden hatten sich nach ihrer gemeinsamen Nacht nicht noch einmal allein gesehen. Dankbar verschlang er seine Finger in ihren Locken, erwiderte ihre sehnsüchtigen Berührungen, bis sie jäh aus ihrem Liebesspiel gerissen wurden…

„Hey! Nehmt euch ein Zimmer!" Jakob hatte den Moment zerstört. Zum Glück, denn weder Lara noch Enzo waren sich in diesem Moment dessen bewusst, dass sie nicht allein waren.

*

Als kleines Mädchen war Lara bereits einmal in Paris gewesen. Sie konnte sich kaum erinnern, doch als sie jetzt auf dem Place de la Concorde standen und auf den Eiffelturm blickten, fühlte sich Lara plötzlich wie zu Hause. Die anmutigen Obelisken weckten sofort die Neugier in ihr, alles genau erkunden zu müssen. Allein in dieser wunderschönen Stadt würde sie ihren Durst nach Wissen über jede Minute der Geschichte und Kunst stillen können, alles in sich aufsaugen können, was sie so gerne erfahren würde. Schon damals hatte sie ihre Eltern genötigt, in jedes Museum zu gehen, den Eiffelturm zu besteigen und den Louvre zu besuchen. Die Geschichte um die Entstehung der Mona Lisa, einem der berühmtesten Werke von Leonardo da Vinci hatte sie schon immer fasziniert und bis heute wusste niemand wirklich ganz sicher, wen der Maler tatsächlich gezeichnet hatte und ob das im Louvre ausgestellte Kunstwerk die „erste" Mona Lisa, oder ein weiteres Gemälde des Künstlers war. Viele Kunsthistoriker hatten daran bereits mehr oder weniger ergebnislos gearbeitet.

Lara war förmlich elektrisiert von den Möglichkeiten, die sich ihr boten. Ihr zufriedenes Lächeln über die Chance, als Erwachsene all die Dinge, die sie bereits gelesen hatte, jetzt mit eigenen Augen zu sehen, breitete sich in ihrem gesamten Körper als ein Strom aus, der sie glücklich machte. Sie spürte, dass das ihre eigentliche Berufung, ihr Drang war, die Geschichte auf ihre eigene Art zu erforschen und zu erleben.

Ungeachtet der beiden anderen nahm sie Enzo an die Hand und zog ihn in Richtung Champs-Élysées. Sie wusste gar nicht, wo sie anfangen sollte zu schauen, so überwältigt war sie ob der wunderbaren Geschichte dieser einzigartigen Stadt. An einem kleinen Café machten sie halt und nahmen Platz. Noch immer schmunzelnd beobachtete Enzo die junge Frau, die fasziniert dasaß und versuchte, so viel wie möglich mit den Augen zu verschlingen. Lukas und Jakob hatten sich inzwischen zu den beiden gesellt. „Sie ist jetzt ganz in ihrem Element. Ich kann mir gar nicht vorstellen, wie sehr sie sich gegrämt hätte, wenn sie nicht mitgekommen wäre…", flüsterte Jakob Enzo ins Ohr. „Jetzt musst du übernehmen, ich denke, du kannst das viel besser als ich", lächelte Jakob und Enzo nickte zustimmend. Es war einfach bezaubernd, Lara so zu sehen.

Nachdem die vier vereinbart hatten, sich am Abend wieder vor dem Riesenrad zu treffen, um dann nach einem Abendessen gemeinsam zum Wohnmobil zurückzugehen, verabschiedeten sich die Jungs, um die Stadt auf ihre Weise unsicher zu machen.

Der gesamte Nachmittag gehörte nur Lara und Enzo. Nachdem sie den besten Kaffee hatten, den Lara glaubte, jemals getrunken zu haben, gingen beide Hand in Hand zum Eiffelturm. Lara erinnerte sich dunkel, dass sie vor Jahren mit ihrem Vater aufgestiegen war. Viola hatte Höhenangst und war lieber unten geblieben. Es war wunderschön, Paris von oben zu sehen, noch schöner war es jetzt nur, Enzo an ihrer Seite zu wissen. Je mehr Zeit sie miteinander verbrachten, desto vertrauter wurden sie. Ihr gemeinsames Interesse an Kunst und Kultur gab ihnen die Möglichkeit, sich auf so vielen unterschiedlichen Gebieten auszutauschen, dass eine Vertrautheit zwischen ihnen beiden entstand, die wunderbar war. Am höchsten Aussichtspunkt des Eiffelturmes atmete Lara tief ein, sog die wunderbare Luft, die nur so von geheimnisvoller Geschichte wimmelte, ein und hätte sie am liebsten für immer in ihrem Körper behalten. Enzo sah ihr dabei zu, berührte zunächst vorsichtig ihren Rücken, um sie nicht zu erschrecken, und umschloss sie dann fest mit seinen Armen. Eine Weile stand das Paar einfach nur so da, sich selbst spürend, abwartend, neugierig, was noch passieren würde und glücklich, diesen Moment gemeinsam genießen zu können. Enzo nahm zaghaft Laras Kinn und berührte ganz leicht ihre Lippen. Immer fordernder wurde sein Mund, dennoch bemüht, seiner Sehnsucht nach dieser traumhaften Frau nicht vollkommen nachzugeben. Die Stadt der Liebe, dachte Lara, als sie sich von seiner Leidenschaft einfangen ließ…vielleicht gab es sie doch, die Liebe, auf die es sich zu warten lohnte…

13

Der anschließende Besuch im Louvre und die abendliche Fahrt auf dem Riesenrad rundeten diesen herrlichen Tag ab und hinterließen bei Lara und Enzo Erinnerungen, die sie nie wieder vergessen würden. Es wurde langsam dunkel und Jakob und Lukas sollten eigentlich schon längst zurück sein. Enzo schlug vor, schon einmal das kleine Lokal aufzusuchen, welches er vorgeschlagen hatte und noch sehr gut aus seiner Zeit in Paris kannte. Sie könnten die beiden anderen ja anrufen, um ihnen Bescheid zu geben. Das Lokal lag in einem der vielen Studentenviertel und sah von außen ziemlich unscheinbar aus. Doch das Interieur war einfach malerisch. Man erkannte, dass die vielen Kunststudenten, die hier offensichtlich ein und aus gingen, viele ihrer eigenen Werke an den Wänden verewigt hatten. Von Bleistiftzeichnungen über kleine Aquarelle bis hin zu großen Acrylgemälden fand sich hier alles. Beeindruckt schaute sich Lara um. Fasziniert strich sie über einige der Zeichnungen und war tief bewegt von so viel Talent. Die Studenten, die hier gerade zusammensaßen, waren alle vertieft in Gespräche oder zeichneten, während sie Salat aßen und Wein dazu tranken. Diese Atmosphäre war einfach unglaublich und Lara fühlte sich irgendwie dazugehörig, obwohl sie sich mitnichten mit auch nur einem dieser Studenten vergleichen wollte und sollte. In einer solchen Umgebung floss die künstlerische Energie nur so und sie verstand mehr und mehr, warum Enzo sie hierher gebracht hatte. Sicher würden aus diesem kleinen Club in naher Zukunft Freigeister hervorgehen, die die verrückte und künstlerisch-emotionale Szene noch lange beschäftigen würden.

„Gibt es hier auch Zeichnungen von dir?" Enzo winkte ab. „Ja, aber keine besonders guten", antwortete er bescheiden.

„Darf ich sie mir trotzdem ansehen? Bitte. Ich kann ja selbst darüber entscheiden, ob sie gut sind oder nicht", zwinkerte Lara. Nach einem Glas Wein führte er sie in eine kleine Nische im Club, die zuvor noch besetzt gewesen war. Unzählig viele Kunstwerke aller Art waren auch hier zu finden und als Enzo drauf und dran war, auf eine der Zeichnung zu zeigen, gab sie ihm zu verstehen zu warten. „Darf ich?", fragte sie. Etwas irritiert nickte er. „Ich möchte versuchen, dich zu finden." Laras Art fesselte ihn immer wieder aufs Neue und machte ihn so verliebt, dass es manchmal unmöglich war, Worte dafür zu finden. Nachdem sie über einige Bilder geschaut und sie immer wieder berührt hatte, blieb sie an einer winzigen Bleistiftzeichnung hängen, die von den anderen Blättern fast überdeckt zu werden drohte. Es war nicht sofort erkennbar, was auf dem Bild zu sehen war. Lara entdeckte ein Kind, das auf der Wiese saß und einen Schmetterling auf einem Grashalm beobachtete. Die Figuren waren nur angedeutet, doch beim genauen Betrachten ergab sich ein herrliches Bild, das vor Energie und Lebensfreude nur sprühte. Die Strichführung war wunderbar sinnlich und gleichzeitig markant und aufgewühlt, dass es unmöglich war, nicht deuten zu können, was man sah. Die Welt um das Kind herum schien in heller Aufruhr, geschäftig verrichtete der Wind sein Tagwerk und blies einige Blätter von den Bäumen, Vögel schwirrten herum, um Nahrung für den Nachwuchs zu suchen und inmitten des Trubels saß das Kind in vollkommener Stille und auf das herrliche und wunderschöne kleine Lebewesen konzentriert. Der Schmetterling schien es sich gefallen zu lassen, beobachtet zu werden, genoss die Aufmerksamkeit, die ihm sonst kaum zuteil wurde und das Kind wieder rum genoss die Ruhe des Augenblicks, um innezuhalten und die Schönheit der Natur zu genießen.

Lara schaute Enzo an und als sie seinen Blick sah, wusste sie, es war eine seiner Zeichnungen. „Du hast versucht, die Zeit stillstehen zu lassen, anzuhalten für einen Moment, um das Schöne zu sehen und zu erkennen, bevor der Augenblick vorüber ist." Er nickte nur ergriffen. „Ich glaube, nur als Kind bist du wirklich in der Lage, solche Dinge zu sehen. Dinge, die das Leben ausmachen, jedoch in der Welt der Erwachsenen in Vergessenheit geraten. Es herrscht so viel Hektik, das Leben wird rasanter, die Zeit vergeht immer schneller, so hat man das Gefühl, und bei all dieser Hetze durch unser wunderbares Leben nehmen wir uns einfach nicht die Zeit für die kleinen Dinge, die sich uns jede Minute zeigen. Wir beachten sie nicht mehr, sie sind unwichtig geworden, helfen uns nicht, Karriere zu machen, Besitz anzuhäufen und was auch immer noch nötig ist, um ein vermeintlich gutes Leben zu führen. Kinder haben diese Fähigkeit noch, die Wunder um sich herum zu erkennen und sei es ein Schmetterling, der die Sonnenstrahlen genießt und dabei seine Flügel in bunten Farben erstrahlen lässt."

Enzo hatte wie selbstverständlich Laras Hand genommen, als er mit ihr sprach. Man spürte, wie wichtig es ihm war, über solche Dinge reden, seinen Gedanken freien Lauf lassen zu können und wie dankbar er war, in diesem Moment mit Lara genau hier zu sitzen. In dem Moment, als eine junge Frau eine Flasche Wasser brachte, klingelte Laras Handy. „Es ist Jakob, na endlich. Inzwischen sind die beiden fast zwei Stunden zu spät und wir haben vergessen, ihnen Bescheid zu geben, wo wir sind. Sicher warten sie am Riesenrad auf uns." Schuldbewusst ging Lara ans Telefon. „Jakob, endlich. Wir sind in der Rue Cauchios in einem kleinen Club, leicht zu finden…" Plötzlich wurde Lara still, griff nach der Kette ihrer Großmutter und spielte nervös daran herum. Ihr Blick wurde starr, sie sah Enzo entsetzt an und übergab ihm schließlich wortlos das Telefon. Verwundert nahm er es entgegen, doch als er hörte, wer am Telefon war, verstand er Laras Reaktion. Es war die Polizei.

„Was ist passiert?", fragte Lara ängstlich, als er endlich aufgelegt hatte. Natürlich hatte er den Polizisten sehr viel besser verstanden als Lara, deren Französisch nicht ganz so gut war. Enzo atmete tief durch: „Lukas und Jakob wurden am Nachmittag am Eiffelturm aufgegriffen, als sie versuchten, mit Hilfe von ein paar anderen jungen Männern ein Bungeeseil an der ersten Plattform zu befestigen. Sie haben sich zunächst geweigert, ihr Vorhaben abzubrechen und sich gegen die Polizisten zur Wehr gesetzt."

„Das ist doch nicht wahr! Das haben sie doch nicht wirklich gemacht? Ist ihnen etwas passiert? Sie sind doch nicht wirklich gesprungen? Wie geht es Jakob?", unterbrach ihn Lara.

„Nein, der Sprung konnte verhindert werden, aber sie befinden sich beide in der Polizeipräfektur in der Ausnüchterungszelle."

„Wie bitte?", fragte Lara nach. „Jakob trinkt keinen Alkohol. Da kann etwas nicht stimmen."

„Es war kein Alkohol. Es waren wohl Drogen im Spiel", antwortete Enzo betreten.

*

Der Anblick der beiden war grausam. Jakob und Lukas lagen völlig verwirrt auf einer Pritsche in der Zelle. Nie zuvor hatte Lara Jakob so gesehen. Sie wusste zwar, dass er eine ziemlich ausgefallene Art hatte, sich zu amüsieren, aber dies hieß eher, dass er sich mal in spezielle Clubs verlief, die üblicherweise Homosexuellen vorbehalten waren. Aber noch nie hatte er so über die Stränge geschlagen. Sie hatten sich auf der Fahrt auch flapsig darüber unterhalten, vom Eiffelturm springen zu wollen, aber nie hätte Lara gedacht, dass Jakob diese Schnapsidee wirklich umsetzen würde. Das hatten schon andere versucht und wurden hart dafür bestraft. Da stimmte etwas ganz und gar nicht. Er trank nicht und nahm erst recht keine Drogen. Jedenfalls nicht wissentlich. Lara wurde in die Zelle gelassen und ging langsam auf Jakob zu. Er schien sie nicht zu erkennen. Erst, als sie sich zu ihm hinunterbeugte, sah er sie an. Seine Augen waren glasig und blutunterlaufen. Fast könnte man meinen, er habe seit mehreren Wochen nicht geschlafen. Sein Blick war noch immer leer, doch als Lara ihn ansprach, reagierte er. Ein leichtes Knurren ging über seine Lippen und er hatte Mühe, seine Gedanken in Worte zu fassen. „Entschuldige!", presste er leise hervor, bevor er die Augen wieder schloss. Es war müßig, ihn in diesem Zustand zu fragen, wie er in diese Situation geraten war. Lara befürchtete, dass Jakob vielleicht auch später nicht mehr wirklich wusste, wie es zu diesem Irrsinn gekommen war.

Der Polizist hatte Enzo erklärt, dass die beiden noch für mindestens zwei Tage in polizeilichem Gewahrsam verbleiben müssten, bis sämtliche Einzelheiten geklärt waren und später noch in ein Krankenhaus zur Untersuchung verbracht würden. Es gab wohl Hinweise auf mehrere Mittäter, die bereits polizeibekannt waren und schon mehrfach versucht hätten, einen illegalen Bungee-Sprung vom Eiffelturm zu wagen. Nach Ansicht der Polizei sind Lukas und Jakob nur Mitläufer gewesen, die sich aufgrund ihres Drogenkonsums hatten mitreißen lassen. Einem Strafverfahren würden die beiden wohl aber nicht entkommen.

So hatte sich Lara diese Reise nicht vorgestellt und obwohl sie noch ziemlich wütend auf ihren besten Freund war, konnte sie nicht leugnen, dass sie sich große Sorgen um ihn machte. Er hatte Glück gehabt, redete sie sich ein, er lebte. Noch einmal sah sie sich nach ihm um. Er schlief. Lara konnte nur hoffen, dass es ihm eine Lehre war und so etwas in Zukunft nicht noch einmal geschehen würde. „Ich kann überhaupt nicht verstehen, wie sich Jakob dazu hat hinreißen lassen können", dachte Lara laut nach, als sie mit Enzo hinaus in die Nacht ging. „So etwas wahnsinnig Dummes!"

„Ich schon", meinte er kleinlaut und auf Laras fragenden Blick antwortete er: „Lukas hatte schon öfter mit Drogen zu tun. In unserer gemeinsamen WG gab es sogar einmal eine Durchsuchung. Aber es wurde nichts gefunden. Ich selbst habe Lukas schon ein paar Mal so erlebt, aber ich hatte gehofft, Jakob würde ihm guttun und er würde endgültig davon loskommen." Lara sah ihn lange an. „Warum hast du mir das nicht erzählt?", fragte sie schließlich ruhig. „Ich weiß es nicht. Vielleicht dachte ich, es wäre nicht nötig und Jakob würde schon wissen, wie er damit umgehen müsste. Es tut mir leid, bitte entschuldige."

Die Romantik des Tages war mit einem Mal verflogen. Lara konnte nicht sagen, ob sie wütend auf Enzo war, weil er ihr verschwiegen hatte, welche Vergangenheit Lukas hatte. Er hatte es gut gemeint, sicher, aber vielleicht wäre Jakob einfach vorsichtiger gewesen und hätte sich nicht Hals über Kopf in ihn verliebt und sich auf ihn eingelassen. Zurück im Wohnwagen, redeten sie kaum miteinander. Jeder hing seinen Gedanken nach und wusste nicht, wie ein Gespräch zustande kommen sollte. Schließlich war es Lara, die das Wort ergriff: „Wäre es möglich, dass wir unsere Reisepläne vielleicht ein wenig abändern?" Dankbar, dass Lara noch mit ihm redete, kam er zu ihr und nahm ihre Hand: „Natürlich, wir haben alle Zeit der Welt."

Lara schlug vor, wenn Jakob und Lukas wieder entlassen und auf den Beinen waren, erst nach Toulon zu fahren. Sie konnten später auf dem Rückweg nach Hause noch die Möglichkeit nutzen, die Schlösser der Loire zu besuchen. Vielleicht hatten sich die Gemüter aller bis dahin beruhigt. Im Moment war Lara nicht danach, in die Geschichte alter Schlösser einzutauchen und sich zu eigenen Nachforschungen inspirieren zu lassen. Enzo hatte nichts dagegen, zumal er so eher die Möglichkeit hatte, seiner Familie einen Besuch abzustatten.

14

Zu ihrer Verwunderung wurden Jakob und Lukas bereits am nächsten Tag entlassen. Es ging beiden gut, zumindest körperlich. Als Lara Jakob in den Arm nahm und ihn dann doch vorwurfsvoll und fragend ansah, entschuldigte er sich erneut: „Es tut mir so leid, ich habe davon nichts gewusst, das musst du mir glauben." Sein Blick war ehrlich und dennoch musste Lara nachfragen. „Was habt ihr euch nur dabei gedacht?"

„Ich kann mich nicht mehr an alles erinnern", begann Jakob. „Wir waren in einer Bar und Lukas hat sofort Anschluss gefunden. Es waren ziemlich dubiose Kerle, mit denen er sich unterhielt. Es floss viel Alkohol und irgendwann nahm er mich zur Seite und erzählte mir von der wahnwitzigen Idee, vom Eiffelturm zu springen. Ich erklärte ihn für verrückt und es gab einen kleinen Streit. Er kam mir plötzlich so verändert vor. Ich weiß auch nicht. Nicht betrunken, eher high. Ich sprach ihn darauf an, ob er irgendetwas genommen hätte, aber er hat mich nur ausgelacht. Irgendwann bin ich zur Toilette gegangen und als ich zurückkam, wollte ich ihm eigentlich sagen, dass ich gerne gehen möchte. Er hatte mir ein Glas Wasser bestellt und gesagt, ich solle mich erst einmal beruhigen. Diese ganze Sache mit dem Eiffelturm war eigentlich nur ein Spaß gewesen, aber scheinbar nicht für ihn. Woran ich mich noch erinnern kann, ist, dass ich das Wasser getrunken habe und gehen wollte. Mehr weiß ich allerdings nicht mehr. Die erste Erinnerung habe ich an einen ziemlich aufgebrachten Polizeibeamten, der mich am Arm in ein Auto zog. Dann weiß ich nur noch, dass ich dich kurz gesehen habe, ich kann nur nicht sagen, ob es ein Traum oder die Realität gewesen ist."

Jakob schlug die Hände vor sein Gesicht. Es war unschwer zu erkennen, dass er mit der ganzen Situation ziemlich überfordert war. Anders als Lukas, der mit Enzo sprach und dabei heftig gestikulierte.

„Ich habe mich so in Lukas getäuscht. Als ich ihn zur Rede stellte, meinte er, es gäbe weitaus Schlimmeres, als ab und an einmal Drogen zu nehmen. Er scheint das öfter zu machen und ich habe davon nicht einmal etwas bemerkt."

„Ja, ich weiß", antwortete Lara. „Enzo hat es mir gestern erzählt." Schuldbewusst sah Jakob zu Boden. „Ich dachte wirklich, Lukas ist anders. Aber vielleicht schaffe ich es ja, ihn von den Drogen wegzubekommen. Er ist im Grunde ein so guter Mensch." Jetzt kam in Jakob wieder das Helfersyndrom zum Vorschein und obwohl Lara sich sicher war, dass es ein schwieriger Weg werden würde und sie Lukas noch nicht lange genug kannte, um einschätzen zu können, ob er sich wirklich helfen lassen würde, konnte sie ihren Jakob verstehen.

*

Um etwas Ruhe in den schwierigen Reisestart zu bringen, waren auch Lukas und Jakob einverstanden, die Fahrt Richtung Toulon anzutreten. Es war wichtig für Lara und auch wenn keiner, außer ihr, wirklich Hoffnung hatte, den Absender des Briefes an ihrer Großmutter ausfindig zu machen, war es auf jeden Fall die Mühe wert, es wenigstens zu versuchen.

Nach einigen Stunden waren sie bereits fast am Ziel. Nur noch wenige Kilometer trennten sie von Lyon. Von dort aus würden sie in weniger als zwei Stunden Enzos Heimatstadt erreicht haben. Dort hätten sie die Möglichkeit zu übernachten und er würde seine Familie endlich wieder in die Arme schließen können.

Der hatte das Steuer übernommen und Lara saß vorn bei ihm, während die beiden Jungs sich im hinteren Teil des Wohnwagens noch immer anschwiegen.

Der Spätsommer zeigte sich von einer ganz besonders attraktiven Seite. Es war wunderbar warm. Die Sonne schien und tauchte die atemberaubende Natur in ein goldenes Licht. Nur langsam schien Mutter Natur vermuten lassen zu wollen, dass bald der Herbst Einzug halten würde. Ganz selten sah man ein Blatt fallen, nur wenige Blätter hatten bereits ihr sattes Grün verloren und leuchteten in herrlichem Rot und Gelb. Fast war Lara versucht, einfach aus dem Wagen zu springen und jedes noch so kleine Stück dieses wunderschönen Bildes in sich aufzunehmen. Sie beugte sich nach hinten, nahm ihren Block und begann, ein paar Skizzen zu machen. Natürlich war es ihr nicht möglich, all die intensiven Farben einzufangen, aber wenn sie später ihre Zeichnung vervollständigen würde, würden die Farben aus ihrer Erinnerung zurückkehren. Vertieft in ihre Skizze bemerkte sie erst nicht, dass aus dem Schweigen der beiden Jungs im hinteren Teil des Wohnwagens eine angespannte Diskussion entstanden war. Erst als Enzo Lara ansprach, bemerkte sie, dass Jakob sehr aufgeregt klang. Er versuchte zwar, nicht zu schreien, aber es war nicht zu überhören, dass er Lukas´ Einstellung zu Drogen nicht teilte. Lara kannte Jakob nicht so, nicht so ungehalten. Er versuchte stets alles diplomatisch zu lösen, aber es schien ihm sehr wichtig zu sein, seinen Standpunkt zu erklären. Lara konnte im Rückspiegel erkennen, was Jakob vermutlich so aus der Fassung brachte. Lukas saß gleichgültig neben ihm, hörte sich mehr oder weniger geduldig an, was Jakob zu sagen hatte, gab ihm aber nicht das geringste Zeichen, ihn verstehen zu wollen. Stattdessen zündete er sich provokativ eine Zigarette an und gab nur gleichgültige Kommentare von sich. Lara konnte förmlich spüren, was in Jakob vorging. Er ahnte offenbar, dass es die Mühe nicht wert war, Lukas davon zu überzeugen, mit den Drogen aufzuhören, wenn er weiter mit ihm zusammen sein wollte.

Nicht nur die Stimmung im Wagen war angespannt, auch das Wetter hatte sich urplötzlich geändert. Dunkle Wolken bahnten sich ihren Weg am Himmel und hatten keine Mühe, die Sonne zu vertreiben. Es schien, als müsse sich der Herbst mit einem kurzen und heftigen Schauer zu Wort melden, um seine Position klarzumachen.

„Das ist hier oft so. Es gibt Tage, an denen regnet es stundenlang und kurz darauf scheint die Sonne wieder, so, als wäre es nie anders gewesen. Allerdings sollten wir es ins nächste Dorf schaffen, bevor der Wind stärker wird. Unser Wohnmobil bietet eine ziemliche Angriffsfläche und das könnte unangenehm werden." Lara nickte verständnisvoll und kletterte nach hinten. Sie ging in die Toilettenkabine, um Jakob und Lukas nicht zu stören, die noch immer stritten.

Gerade als Lara den Wasserhahn wieder abstellen wollte, hörte sie einen lauten Knall. Das Wohnmobil fing an zu schlingern. Sie wurde in der Kabine herumgeschleudert und stieß sich den Kopf. Mit einem Mal war alles ruhig. Sie öffnete vorsichtig die Tür.

Es war etwas schwierig, denn das Fahrzeug schien nicht mehr gerade zu stehen. Jakob und Lukas hielten sich am Tisch fest und starrten zu Enzo nach vorne. Sein Kopf lag auf der Nackenstütze auf. Sein Körper zitterte und man hörte ihn leise fluchen.

„Was ist passiert? Ist alles in Ordnung?", schrie Lara. Endlich bewegte er sich und sah sie mit weit aufgerissenen Augen an. „Ja, ich glaube schon. Ich denke, es ist ein Reifen geplatzt. Die Straße ist schmierig, ich habe das Wohnmobil nicht unter Kontrolle bekommen." Erleichtert atmete Lara auf. „Gott sei Dank!"

Es regnete mittlerweile in Strömen. Man konnte fast die Hand vor Augen nicht mehr sehen, weil sich zu allem Unglück noch dichter Nebel gebildet hatte. Was die Freunde erkannten, war, dass das Wohnmobil quer auf der Straße stand. Das war eine gefährliche Situation und wenn sie versuchen wollten, den Reifen zu wechseln, sollten sie das Fahrzeug irgendwie von der Straße bringen. Vollkommen durchnässt betrachteten sie das Malheur. Der linke Vorderreifen war komplett zerstört. Kein Wunder, dass Enzo Mühe gehabt hatte, die Kontrolle über das Fahrzeug zu behalten.

Der stieg in das Wohnmobil und startete den Motor. Der Wagen bewegte sich langsam vorwärts. Doch er drohte nach der Seite zu kippen, da vom Vorderrad nur noch die Felge übrig war. Jakob und Lukas lehnten sich mit voller Kraft dagegen, um das Fahrzeug etwas zu stabilisieren. Der Regen wurde immer heftiger. Immer wieder rutschten die Männer ab. Irgendwie mussten sie jedoch versuchen, von der Straße zu kommen. Enzo ließ die Scheibe herunter und rief den beiden zu: „Gleich dort vorne ist eine Einmündung, das müssen wir schaffen." Jakob hob zustimmend den Daumen. Lara war inzwischen wieder in das Wohnmobil gestiegen und beobachtete die Situation. Nur noch ein paar Meter und sie würden die Einmündung erreicht haben.

Plötzlich hörte sie Jakob laut schreien. Lara erstarrte. Sie nahm zwei Schatten vor dem Fahrzeug wahr. Enzo bremste sofort. Es ging alles so schnell, dass weder er noch Lara realisierten, was gerade geschah. Einen Sekundenbruchteil später erschütterte ein gewaltiger Aufprall das Wohnmobil. Für einen kurzen Moment wurde es hell…bis alles in Stille und Dunkelheit versank…

15

Nach dem vielen Toben im Schnee tut der heiße Kakao von Oma Lotti richtig gut. Sie macht sowieso den besten Kakao, den es gibt. Sie lächelt Jakob und mich an, als sie uns in dicke Decken hüllt. Das Feuer im kleinen Küchenofen knistert leise vor sich hin. Jakob sitzt mir gegenüber und ich glaube, er ist immer noch sauer, dass ich die Schneeballschlacht gewonnen habe. Morgen hat er Geburtstag. Er wird neun Jahre alt und hat einige Freunde eingeladen. Mich natürlich auch. Ich bin ja schließlich seine beste Freundin. Das wird bestimmt lustig. Ich freue mich schon so sehr darauf, ihm mein Geschenk zu geben. Oma Lotti und ich haben ihm ein Fotoalbum gebastelt. Es ist wunderschön geworden. Wir haben alle Bilder von uns aufgeklebt und ich habe unter jedes einzelne noch etwas gemalt oder geschrieben. Oma sagt immer, wir beide verstehen uns so gut, dass wir sicher später heiraten. Mama sagt das auch. Aber ich weiß nicht, ob wir das wirklich machen, wenn wir erwachsen sind. Im Moment bin ich einfach glücklich, Jakob als Freund zu haben, auch wenn er manchmal ein wenig eingeschnappt ist und nicht verlieren kann.

Ich höre Opa Willi rufen. Er möchte, dass wir ihm in der Werkstatt helfen. Immer, wenn ich zu Besuch bei meinen Großeltern bin, darf ich entweder mit Oma kochen oder backen oder mit Opa etwas aus Holz basteln. Meine Eltern arbeiten oft, aber das finde ich nicht schlimm. Ich bin so gerne bei Oma und Opa und mit Jakob zusammen macht es immer noch viel mehr Spaß.

Als uns meine Eltern abholen, ist es schon dunkel. Jakob wohnt nicht weit weg von uns und ich bringe ihn noch nach Hause. „Bis morgen", sagt er, „ich freue mich so sehr auf meinen Geburtstag." Ich umarme ihn und gehe nach Hause. Voller Vorfreude auf den nächsten Tag. Ich bin so gespannt auf die Spiele, die wir machen werden, die Torte und vor allem bin ich gespannt, ob sich Jakob über mein Geschenk freuen wird.

Beim Abendessen erzähle ich meinen Eltern, was wir alles bei Oma Lotti gemacht haben. Sie bekommen einen Lachanfall, als ich erzähle, wie eingeschnappt Jakob war, als ich ihn bei der Schneeballschlacht geschlagen habe. Ich bin so müde, dass ich sofort in mein Bett falle und einschlafe, ohne meine Schulsachen zu machen. Beim Einschlafen denke ich noch daran, dass Mama deshalb sicher sauer sein wird, aber ich kann meine Augen nicht mehr offen halten. Ich werde es am Morgen machen, vor der Schule und Jakob hilft mir sicher dabei, das tut er ja immer.

Ich falle in einen traumlosen Schlaf und als ich das Klingeln des Weckers höre, möchte ich gar nicht aufstehen. Plötzlich höre ich Lotti leise nach mir rufen. „Aufstehen, mein Engel. Du musst aufwachen." Langsam öffne ich die Augen und sehe meine Großmutter an meinem Bett sitzen. Sie sieht verändert aus, irgendwie etwas älter und dann sehe ich auch Jakob auf meinem Bettrand sitzen. Hatte ich etwa so lange geschlafen, dass ich die Schule verpasst habe und womöglich auch Jakobs Geburtstag?

Ich versuche mir den Schlaf aus den Augen zu reiben. Alles kommt mir so seltsam vor. Mama hätte mich doch geweckt, wenn ich verschlafen hätte, oder nicht? Mit einem Mal bemerke ich, dass auch Jakob anders aussieht. Erwachsener. Ich versuche zu fragen, was passiert ist, aber ich bekomme keinen Ton heraus. Träume ich etwa noch? Ist das alles gar nicht wahr? Jetzt höre ich Jakob sagen: „Lara, wach auf! Wach bitte auf!" Aber ich bin doch wach, versuche ich zu antworten, aber es geht noch immer nicht. Meine Lippen bleiben stumm. Ich habe Angst. Ich bemerke, dass Oma Lotti und Jakob meine Hände berühren. Sie streichelt mich sanft und er hält meine Hand ganz fest. Es ist ein schönes Gefühl. Es gibt mir Sicherheit. Und trotzdem kann ich mir nicht erklären, was gerade passiert. Warum kann ich nicht reden und warum sitzen die beiden an meinem Bett?

Das letzte, woran ich mich erinnere, ist, dass ich am Vorabend todmüde ins Bett gefallen bin. Dann war da plötzlich ein lauter Knall und ein grelles Licht…und dann war es dunkel…

„Lara, komm zurück!" Ich höre die Stimmen der beiden. Immer wieder. Ich versuche zu antworten, als ich bemerke, wie Lotti langsam aufsteht und sich abwendet. Auch Jakob hat meine Hand losgelassen, doch er sitzt noch immer bei mir. Ich strecke meine Hand nach meiner Großmutter aus, als sie sich noch einmal zu mir herumdreht. Doch sie lächelt nur, winkt mir zu und geht. Tränen füllen meine Augen und ich verspüre den stechenden Schmerz des Verlustes, der sich langsam in meinem ganzen Körper ausbreitet. Ich bemühe mich aufzustehen, aber auch das gelingt mir nicht. Voller Angst starre ich Jakob an. Doch er nickt nur. „Du musst aufwachen!" Ich schließe die Augen und atme tief durch. Bitte, lass mich diesem irrsinnigen Traum entfliehen!

Ich presse ein leises „Ja" heraus und öffne vorsichtig meine Augen. Jakob ist verschwunden, aber ich kann Mama erkennen. Sie sieht traurig aus. Sie weint. Was ist nur passiert, während ich geschlafen habe? Ich spüre, wie ich langsam zu mir komme. Es fühlt sich anders an als noch vor wenigen Minuten. Ein Piepsen dringt leise, aber unaufhörlich lauter werdend an mein Ohr. Viola beugt sich zu mir herunter und küsst mir die Stirn. Sie ruft meinen Vater und dann höre ich noch

eine weitere männliche Stimme, die ich nicht kenne:
„Sie hat es geschafft, sie ist wach!"

*

Lara begriff nicht, was gerade geschah. Sie schaute sich um. Ein Zimmer, das sie nicht kannte. Leute, die sie noch nie gesehen hatte und das stetige Piepsen eines Gerätes, welches neben ihr stand. Als sie versuchte, sich aufzusetzen, hatte sie Mühe, ihren Körper unter Kontrolle zu bekommen. Alles kam ihr so surreal vor, wie in einem Film, in dem sie unfreiwillig mitspielen musste. Ein Mann trat neben ihr Bett und bediente das Gerät. Es war die Stimme, die sie vorhin schon einmal gehört hatte, aber nicht einordnen konnte. Er hatte einen sehr starken französischen Akzent, das konnte Lara verstehen, aber seine Worte klangen so weit weg. Fast glaubte sie, ihn in einer Art weißem Licht zu sehen, verschwommen. Sie bemühte sich, seinen Worten zu folgen: „Bitte legen Sie sich wieder hin. Es ist alles in Ordnung. Sie brauchen viel Ruhe."

Sie brauchte Ruhe? Aber warum denn? Wo war sie nur und was war geschehen? Lara versuchte, sich an die letzten Ereignisse zu erinnern. Es fiel ihr schwer, die schwindenden Gedankenfetzen festzuhalten, um zu verstehen. Sie hatte Lotti gesehen und Jakob…aber wo waren sie? Nach und nach verschwanden diese Erinnerungen und in ihrem Körper breitete sich eine angenehme Ruhe aus. Nichts war da mehr, nichts. Kein Gedanke, kein Gefühl. Nur Leere und Stille…

Lara hatte für mehrere Stunden geschlafen und als sie aufwachte, spürte sie schmerzhaft nahezu jede einzelne Faser ihres Körpers. Sie schrie auf in der Hoffnung, die Schmerzen würden nachlassen, aber dem war nicht so. Sie war allein. Verwirrt schaute sie sich um. Die Tür öffnete sich plötzlich und Lara erkannte ihre Eltern. Sie begann vor Glück zu weinen. Sie war nicht allein…

„Wie geht es dir?", fragte Viola unter Tränen, während sich ihr Vater an ihr Bett setzte und sie traurig ansah.

„Ich weiß es nicht. Meine Beine tun weh, mein Rücken, mein Kopf…und ich bin durcheinander. Ich verstehe nicht, was ich hier tue. Ich habe das Gefühl, als wäre mein Kopf vollkommen leer. Ich kann mich an nichts erinnern. Gerade noch waren Lotti bei mir und Jakob. Wo sind sie?" Viola schaute ihren Mann entsetzt an. Keiner der beiden wusste, was er antworten sollte. Lara wurde immer unruhiger. „Warum sagt ihr nichts? Was ist passiert? Wo sind sie?"

Laras Vater Andreas war es, der als erster das Wort ergriff. „Schatz, es ist alles gut. Du musst dir keine Sorgen machen. Der Arzt sagte, dass es ganz normal sei, dass du unter einer kurzfristigen Amnesie leiden könntest. Du lagst fünf Tage im Koma…"

„Der Arzt? Koma?" Laras Herz schlug mit einem Mal so schnell, dass das Überwachungsgerät anschlug und sofort eine Schwester ins Zimmer stürmte.

„Ich verstehe nicht, worüber du redest?" Andreas atmete tief durch. „Ihr hattet einen Unfall mit dem Wohnmobil."

„Ich denke, Ihre Tochter sollte sich jetzt ein bisschen ausruhen. Zu viel Aufregung tut ihr nicht gut!", tadelte die Schwester Laras Vater, während sie das Überwachungsgerät überprüfte.

Lara hatte ein Medikament zur Beruhigung bekommen und war in einen unruhigen Schlaf gefallen. Immer wieder schreckte sie auf, schrie und weinte, während ihre Eltern die ganze Zeit an ihrem Bett saßen. So hilflos hatten sich Viola und Andreas noch nie gefühlt. Schmerzhaft wurde ihnen bewusst, wie schnell sie ihre einzige Tochter hätten verlieren können und dass sie ihre Unversehrtheit stets leichtfertig als selbstverständlich angenommen hatte. Nichts war mit einem Mal mehr so, wie es gewesen war. Violas Gedanken an die letzten Jahre, ihre Kindheit, ihr Leben bisher und die Kindheit und Jugend ihrer Tochter Lara bereiteten ihr spürbar körperliche Schmerzen. Was hatte sie alles falsch gemacht? Warum war sie nie in der Lage gewesen, aus ihrer eigenen Vergangenheit positiv herauszugehen und Lara eine gute Mutter zu sein? Warum hatte sie sich stattdessen auf ihre Karriere konzentriert, nur um ihrer Mutter zu beweisen, dass sie etwas wert war? Das war ihr großes Problem gewesen, womit sie ihr Leben lang zu kämpfen hatte, nicht jedoch das ihrer Tochter. Warum war sie nicht in der Lage gewesen, die Mutterliebe, die sie nicht bekommen hatte, nicht so, wie sie es sich gewünscht hatte, an Lara weiterzugeben? Hätte sie damit nicht alles verändern und auch sich selbst heilen können? War sie so abgestumpft oder konnte sie diese Liebe, wonach sie sich gesehnt hatte, selbst nicht weitergeben, weil sie sie nicht kannte?

Violas Selbstzweifel raubten ihr fast den Verstand. Warum hatte es soweit kommen müssen, dass sich erst nach Lottis Tod und Laras Unfall ihr vernarbtes Herz öffnete und sich all ihre aufgestauten Gefühle einen Weg an die Oberfläche bahnten? Zu lange hatte sie sich hinter ihrer verletzten Persönlichkeit versteckt, zu lange ignoriert, wer sie wirklich war. Aus ihren eigenen Erfahrungen in ihrer Kindheit und Jugend zu lernen, wäre ein Weg gewesen. Sie hatte so viele Fehler gemacht, oft die Handlungsweisen ihrer Eltern übernommen, obwohl sie alle Möglichkeiten gehabt hätte, genau das in ihrem eigenen Familienleben zu ändern. Schluchzend fiel sie in die schützenden Arme ihres Mannes, dessen Nähe und Wärme sie so sehr genoss und so sehr brauchte.

Lara versuchte, die Bilder, die immer wieder in ihrem Gedächtnis auftauchten, zu begreifen. Sie sah ihre Großmutter, die lachend auf sie zukam und wieder verschwand. Sie sah Jakob, der weit weg zu sein schien und den sie nicht erreichen konnte. Er sah traurig aus, unschlüssig, zweifelnd…und da war noch ein junger Mann, dessen Gesicht sie nicht erkannte. Er war groß, schlank und hatte dunkle Haare, und er versuchte, Laras Hand zu greifen. Aber Lara kannte ihn nicht. Sie spürte jedoch eine unglaubliche Anziehungskraft, die sie sich nicht erklären konnte. All diese Bildfetzen kamen immer wieder, wie in einem Karussell, doch Laras Verstand war nicht in der Lage, sie festzuhalten.

Als sie die Augen öffnete, sah sie ihre Eltern in inniger Umarmung an ihrem Bett sitzen. Lange schon hatte sie sie so nicht gesehen. Viola vermied solche Liebesbekundungen in der Öffentlichkeit, auch Lara gegenüber gab es so etwas selten. Eine vorher nie so intensiv gefühlte Geborgenheit erfüllte Lara, als Viola sie ansah. Die Liebe in ihren Augen war unglaublich. Als würde sie vollkommen zu sich selbst gefunden haben, ein inneres Leuchten, welches endlich zum Vorschein kam und sich nicht mehr hinter einer harten Maske verstecken wollte. Viola nahm ihre Tochter weinend in die Arme, so fest, als ob sie sie nie wieder loslassen wollte. Dieses unfassbare Gefühl überwältigte Lara. Sie hatte immer gewusst, dass ihre Mutter jahrelang eine Rolle gespielt hatte, aus der sie sich nicht hatte befreien können.

Als Viola ihre Tochter losließ, strich sie ihr über die tränennasse Wange. „Ich werde dir in Zukunft die Mutter sein, die du so sehr verdienst und die ich immer sein wollte. Ich werde nicht weiterhin den Fehler machen, meine Arbeit vor meine Familie zu stellen, der Zuneigung, die ich bei meinen Eltern vermisst habe, nicht mehr nachtrauern, sondern einfach selbst lieben und Liebe geben."

Lara erkannte ihre Mutter nicht wieder. Ihre Worte berührten sie tief und sie spürte, wie befreit Viola sich fühlte.

„Mama? Was ist hier los? Bitte sagt es mir. Meine Gedanken spielen vollkommen verrückt." Viola atmete tief durch und begann dann mit zitternder Stimme zu erzählen: „Jakob und du, ihr hattet einen schweren Unfall mit dem Wohnmobil. Ihr hattet wohl eine Panne, es regnete in Strömen. Ein LKW, der euch offenbar nicht gesehen hat, ist mit hoher Geschwindigkeit auf euer Fahrzeug aufgefahren. Laut den Rettungskräften hast du mit einem jungen Mann im Auto gesessen. Jakob und ein anderer Mann befanden sich vor dem Auto. Es muss alles ganz schnell gegangen sein. Aber du hattest Glück, bis auf ein paar Knochenbrüche und das kurzzeitige Koma sei dir nichts weiter passiert, sagte der Arzt." Viola hielt inne, weil sie den Gesichtsausdruck von Lara nicht deuten konnte. „Erinnerst du dich?"

Lara schaute ihre Mutter fragend an. Wohnmobil? Ein LKW? Zwei junge Männer? Krampfhaft versuchte sie nachzudenken, welches ihr letzter klarer Gedanke gewesen war. Wenn ihr ihr Verstand nicht wieder ein Schnippchen schlug, war das letzte, woran sie sich erinnern konnte, die Vorlesung von Dr. Schubert. Wie kam sie dann in ein Krankenhaus?

„Du weißt nicht, wovon ich spreche, oder?" Lara schüttelte schockiert den Kopf. „Schatz, du bist mit Jakob und den beiden anderen Männern in den Urlaub gefahren. Nach Frankreich. Eine kleine Auszeit nehmen, bevor das neue Semester beginnt."

„Frankreich? Wer sind die anderen Männer?" fragte Lara vorsichtig nach. „Ja, Frankreich. Wir sind in Lyon. Wir wurden über den Unfall informiert und sind natürlich sofort losgefahren. Wer allerdings eure Begleiter waren, können wir dir nicht sagen. Das hast du uns wohl verschwiegen." Viola versuchte ein spitzbübisches Grinsen, um Lara etwas aufzuheitern.

Insgeheim bereitete es ihr große Sorge, dass Lara offensichtlich noch immer unter Gedächtnisverlust litt.

„In Lyon? Mein Gott. Ich kann mich nicht erinnern. Es macht mir Angst. Wo ist Jakob? Und wo ist Lotti? Ich verstehe nicht…ist sie allein zu Hause? Ihr müsst unbedingt zurückfahren und nach ihr sehen. Sie kann doch nicht so lange allein bleiben!"

Erschrocken schaute Viola ihren Mann an. Andreas versuchte, Lara sofort zu beruhigen. „Vielleicht sollten wir uns jetzt erst einmal darauf konzentrieren, dass du wieder gesund wirst. Es ist sicher ganz normal, dass du dich nicht erinnern kannst. Aber ich glaube fest daran, dass alles wieder gut wird." Es war schwierig, die richtigen Worte zu finden.

„Papa, ich möchte wissen, was passiert ist. Ich werde sonst verrückt!" Lara spürte eine Wut in sich aufsteigen, die sie so nicht kannte. Wut über ihre eigene Unfähigkeit, sich zu erinnern, ihre Hilflosigkeit, etwas dagegen zu tun.

Inzwischen war der Arzt ins Zimmer gekommen, um nach Lara zu sehen. „Wie geht es Ihnen, Madame?"

Dr. Lambert stellte sich vor, während er die Überwachungsgeräte überprüfte. Er sprach sehr gut Deutsch, was Lara etwas verwunderte. Als er sie noch einmal nach ihrem Befinden fragte, schüttelte sie nur resigniert den Kopf. „Haben Sie Schmerzen?" fragte er erneut. „Nein. Ich habe keine Schmerzen. Ich habe Angst. Ich habe Probleme, mich zu erinnern. Ich werde noch verrückt. Es ist, als würde mir ein kompletter Zeitabschnitt fehlen."

„Dem ist auch so. Allerdings kann ich Sie beruhigen, eine solche Amnesie ist in der Regel nicht von Dauer und die Erinnerung kommt in den nächsten Tagen oder Wochen vollständig zurück. Sie hatten einen schweren Unfall und in solchen Situationen ist es nicht ungewöhnlich, dass Sie die Erinnerung verloren haben. Sie können es mit einer Art Schutzfunktion des Gehirns vergleichen. Wenn Sie möchten, kann ich Ihnen alles erklären und wir können mithilfe einer Therapie oder Gesprächen versuchen, Ihrem Gedächtnis etwas auf die Sprünge zu helfen. Aber ich möchte, dass Sie nicht zu viel erwarten und ihrem Körper Zeit geben. Informationen, die Sie im Moment nicht abrufen können und die durch Gespräche eventuell wieder zum Vorschein kommen, könnten Sie zudem momentan psychisch und physisch sehr stark belasten."

Lara nickte zustimmend. „Ich verstehe und ich wäre Ihnen sehr dankbar, wenn Sie mir dennoch alles erzählen würden." Sie würde stark genug sein, um alles zu verkraften, sie war sich sicher, dass es ihr dann besser ging. Es musste einfach so sein. Ihren jetzigen Zustand konnte und wollte sie akzeptieren. Zu ihrer Überraschung nahm sich der Arzt sofort Zeit, mit ihr zu reden. Er setzte sich neben das Bett und schaute Viola und Andreas an, bevor er begann.

„Sie befanden sich vor drei Tagen gegen 20:00 Uhr in Begleitung von drei jungen Männern in einem Wohnmobil am Rand einer Landstraße ca. acht Kilometer vor Lyon. Es regnete an diesem Abend sehr stark. Laut Polizeibericht hatten Sie eine Reifenpanne und Ihr Fahrzeug stand unmittelbar vor einer Einmündung. Nach Aussagen eines Zeugen hatten Sie und Ihre Begleiter versucht, diese Einmündung zu erreichen, um sich und das Fahrzeug in Sicherheit zu bringen. Offenbar haben Sie das nicht mehr rechtzeitig geschafft. Sie selbst befanden sich im Fahrzeug auf dem Beifahrersitz, Herr Dumont neben Ihnen. Ein Lastkraftwagen fuhr bei schlechter Sicht und nasser Fahrbahn mit erhöhter Geschwindigkeit auf Ihr Wohnmobil auf. Durch den Aufprall wurden die beiden anderen jungen Männer, die sich zu diesem Zeitpunkt vor dem Fahrzeug befanden, überrollt."

Dr. Lambert hielt kurz inne. Lara starrte ihn an und verstand noch immer nicht. Ihre Eltern hatten ihr bereits erklärt, dass sie mit Jakob auf einer Reise in Frankreich unterwegs gewesen war, als der Unfall passierte. „Wer sind diese jungen Männer? Wie sind ihre Namen?", fragte sie vorsichtig nach.

„Der junge Mann neben Ihnen im Fahrzeug ist Enzo Dumont, die beiden anderen Jakob Schlütter und Lukas

Möller. Sagen Ihnen die Namen etwas?" Lara schüttelte den Kopf und versuchte krampfhaft nachzudenken. „Jakob kenne ich natürlich. Er ist mein bester Freund seit dem Kindergarten. Wo ist er? Kann ich ihn sehen?" Plötzlich fiel ihr auf, was Dr. Lambert gesagt hatte. Jakob befand sich bei dem Unfall vor dem Wohnmobil und wurde überrollt?!

„Gott! Ist Jakob etwas passiert? Geht es ihm gut?", fragte Lara zögerlich. Ihr Kopf hatte zu dröhnen begonnen, ihr Herz schlug ihr bis zum Hals und ein stechender Schmerz durchfuhr ihren Brustkorb. Das Überwachungsgerät begann zu piepsen und Dr. Lampert sprang sofort auf. „Bitte beruhigen Sie sich wieder. Das tut Ihnen nicht gut! Vielleicht sollten wir noch ein wenig warten, ich denke, die Situation überfordert Sie zu sehr."

Lara bekam den Arm des Arztes zu fassen. „Nein! Ich möchte es jetzt wissen!"

Dr. Lambert schaute hilfesuchend zu Laras Eltern. Viola senkte den Kopf, aber Andreas nickte resigniert. Der Arzt atmete tief durch: „Es sieht sehr schlecht aus. Wir tun unser Bestes, aber Jakob Schlütter hat schwere innere Verletzungen erlitten. Anders als bei Ihnen erwarten wir nicht, dass er aus dem Koma erwacht. Wenn dieser glückliche Fall dennoch eintreten sollte, sind wir nicht sicher, unter welchen Umständen er noch lebensfähig ist. Es tut mir sehr leid." Es war sicher nicht das erste Mal für Dr. Lambert, dass er eine traurige Nachricht überbringen musste, aber dieses Mal fiel es ihm besonders schwer.

Laras Körper krampfte sich zusammen. Der Schmerz war unerträglich. Ein herzzerreißender Aufschrei entrann ihrem Mund und sie begann, um sich zu schlagen. So, als könne sie damit alles ungeschehen machen, alle Schmerzen, all das Leid, das sie gerade spürte, einfach vertreiben. Andreas nahm sie schützend in die Arme und plötzlich wurde Lara ganz still.

„Was ist mit den anderen beiden Männern?" Dr. Lambert versuchte, Laras Frage auszuweichen. „Bitte, sagen Sie es mir!" Ihr Ton überraschte selbst ihre Eltern. So selbstbestimmend hatten sie sie selten erlebt.

„Enzo Dumont wurde nur leicht verletzt und kann das Krankenhaus in den nächsten Tagen verlassen. Lukas Möller ist noch am Unfallort verstorben." Lara starrte in den Raum. Alles um sie herum kam ihr so unwirklich vor. Als wäre sie Teil eines Filmes, den sie nicht kannte und in dem sie eine Rolle spielte, die sie nicht spielen wollte. Sie hatte das Gefühl, ihr Verstand versuchte sie irrezuführen, sie in eine Welt hineinzuversetzen, in der für sie alles gut war, um sie vor allen seelischen Belastungen zu schützen. Doch diese Welt war nicht real. Nicht, wenn Jakob darin um sein Leben kämpfte und Lara ihm nicht helfen konnte und ein junger Mann gestorben war, den sie gekannt haben musste.

Nach einigen Minuten sah sie dem Arzt ungewöhnlich gefasst in die Augen. „Jakob wird es schaffen! Das weiß ich!"

16

Lara redete so lange auf den Arzt ein, bis er einwilligte, sie aufstehen zu lassen. Sie hatte große Schmerzen in den Beinen, die bei dem Unfall eingequetscht worden waren. Die Kopfwunde war schon gut verheilt, doch als sie von Viola mit dem Rollstuhl vor den Spiegel geschoben wurde, erschrak sie. Es war nicht ihr Aussehen, welches sie schockierte. Sie hatte noch die gleichen wilden Locken und das gleiche Gesicht, aber ihre Augen waren ungewöhnlich hell. Es schien so, als wäre das Leuchten daraus fast völlig verschwunden, der Weg zu ihrer Seele verschlossen, als wäre das Licht erloschen. Ihre von Schmerzen und Kraftlosigkeit gezeichneten Augen hatten ihr Gesicht verändert. Es wirkte leblos.

Doch sie musste stark sein, sie musste wieder zu sich kommen, alle Kräfte mobilisieren, um für Jakob da zu sein. Er sollte wissen, wofür er kämpfen musste und dass sie immer an seiner Seite sein würde. Nachdem sich Lara etwas frisch gemacht hatte, bat sie ihre Mutter, sie zu ihm zu bringen. Dr. Lambert hatte ihr erlaubt, ihn für ein paar Minuten zu sehen.

Sie hatte Angst, dennoch konnte sie nichts und niemand davon abhalten. Zaghaft öffnete sie die Tür zu Jakobs Zimmer. Da lag er. Allein. Allein in einem großen Raum voller Maschinen, die unaufhörlich vor sich hin summten und ab und an einen lauten Piepston von sich gaben. Lara griff nach Violas Hand. Sie zitterte am ganzen Körper. Wir haben uns im Zimmer geirrt, ganz sicher. Der Mann in diesem Bett, angeschlossen an unzählige Drähte und Schläuche, sah nicht im Entferntesten aus wie Jakob. Sein sonst so durchtrainierter Körper war regelrecht in sich zusammengefallen und ausgemergelt. Seine Haare klebten an seinem Kopf und schimmerten silbern. Die Wangenknochen standen hervor, seine Lippen waren ausgetrocknet und weiß. Jakob war um Jahre gealtert und dem Tod näher als dem Leben…

Laras Schluchzen wurde immer lauter. So hilflos hatte sie sich noch nie gefühlt. Vorsichtig tastete sie nach Jakobs kalter Hand und hielt sie liebevoll an ihren Mund. „Du musst kämpfen, hörst du? Du darfst mich nicht alleine lassen. Bitte komm zurück! Wach auf." Immer wieder redete sie auf ihn ein, doch so sehr sie sich auch bemühte, Jakob reagierte nicht.

„Ich muss Sie jetzt bitten zu gehen. Herr Schlütter hat noch einige Untersuchungen vor sich." Lara hatte Dr. Lambert gar nicht kommen hören. Er war in Begleitung einer Schwester, die Lara traurig ansah. Nur widerwillig löste sie sich von Jakob und ließ sich von ihrer Mutter aus dem Zimmer fahren. Auf dem Gang beugte sich Viola zu ihrer Tochter, die noch im Rollstuhl sitzen musste, hinunter, drückte sie fest an sich. Lara konnte ihre Tränen nicht mehr zurückhalten, denn so sehr sie auch hoffte, dass Jakob wieder gesund werden würde, so sehr zweifelte sie auch.

*

„Lotti?"

Viola und Lara schreckten auf. Vor ihnen stand eine ältere Dame, die Lara wie vom Donner gerührt ansah.

„Lotti ist meine Großmutter. Bitte entschuldigen Sie, kennen wir uns?" Lara wollte nicht unhöflich sein und in Anbetracht dessen, dass sie sich offensichtlich an viele Dinge nicht mehr erinnerte, blieb sie vorsichtig. Viola stand wie erstarrt da. Erst jetzt bemerkte Lara einen Mann, der auf die Dame zuging. Er hatte den Arm verbunden und trug wie sie einen Kopfverband.

„Lara! Wie geht es dir? Sie haben mich nicht zu dir gelassen!" Der junge Mann stürzte auf Lara zu und kniete sich vor sie hin. Lara wich zurück. „Wer sind Sie?", fragte sie zaghaft. Verwirrt schaute er kurz zu Viola. „Ich bin Enzo. Erkennst du mich denn nicht?"

„Enzo Dumont?", fragte Lara vorsichtig nach. Er nickte, konnte aber noch immer nicht verstehen, warum sie ihn nicht erkannte.

„Sie waren also mit im Wagen, als der Unfall passierte?" begann Viola zu fragen, wobei sie aber den Blick nicht von der älteren Dame lassen konnte. Enzo nickte nur. „Lara leidet unter einer vorübergehenden Amnesie. Es tut mir sehr leid." Betroffen versuchte er in Laras Gesicht zu erkennen, ob sie sich an ihn erinnern konnte und bemerkte dabei nicht, wie die Frau neben ihm den Halt verlor. Viola reagierte schnell, fing sie gerade noch auf und setzte sie auf einen Stuhl. Enzo rief sofort nach einer Schwester und redete unaufhörlich auf auf die Dame ein. Zu Viola gewandt sagte er: „Das ist meine Großmutter Camille. Sie wollte mich besuchen. Ich verstehe nicht, was sie auf einmal hat. Sind Sie Laras Mutter?" Viola nickte.

Lara beobachtete die Situation. Sie wusste nicht, was sie davon halten sollte. Eine Frau, die sie nicht kannte, verwechselte sie mit Lotti und der junge Mann, den sie ebenfalls nicht kannte, schien sie dagegen umso besser zu kennen…

Camille ging es schnell besser, als sie etwas getrunken hatte. Dennoch war sie sichtlich angeschlagen und ließ Lara nicht aus den Augen. „Lotti! Du musst Lotti sein…" Wieder und wieder schüttelte Camille den Kopf. Enzo blickte verwirrt zwischen seiner Großmutter und Lara hin und her. „Grand-mere, das ist Lara. Meine Lara. Ich habe dir doch von ihr erzählt." Er begann sich ernsthaft Sorgen zu machen.

„Wir sollten jetzt gehen!" Viola hatte das Wort ergriffen und ging auf Lara zu. Sie war kreidebleich und man merkte ihr an, dass ihr bei dieser seltsamen Begegnung nicht wohl war.

„Bitte warten Sie! Darf ich Lara besuchen?" Enzo flehte Viola verzweifelt an. „Sie braucht noch sehr viel Ruhe. Später vielleicht." Mit diesen Worten ergriff sie Laras Rollstuhl und lief den Gang hinunter. Enzo schaute ihnen entmutigt hinterher.

„Mein Junge, ich glaube, ich werde verrückt!" Camille war fassungslos. Behutsam half Enzo ihr auf die Beine und begleitete sie auf sein Zimmer. Wenn sie sich noch ein wenig ausruhen würde, wäre sie sicher schnell wieder ganz die Alte. Das hoffte er zumindest. Niemals hätte er zu diesem Zeitpunkt damit gerechnet, was dieses Ereignis für seine Großmutter und alle Beteiligten für Folgen haben würde…

„Du solltest dich jetzt ausruhen." Viola zupfte nervös an der Bettdecke, um sie zu richten. Sie hatte recht. Lara war erschöpft, durcheinander und noch immer schockiert von Jakobs Anblick. Sie konnte nur dafür beten, dass er wieder aufwachte. Lara würde es nicht verkraften, ihn zu verlieren…weinend fiel die in einen unruhigen Schlaf.

Viola und Andreas waren ins Hotel gefahren. Auch Viola ging es nicht gut. Diese fremde Frau im Krankenhaus, die glaubte, in Lara Lotti zu erkennen, hatte sie vollkommen aus dem Konzept gebracht. Wie konnte das sein? Es gab keine Erklärung dafür. Oder doch? Sollte sie die Vergangenheit einholen? Aber welche Verbindung sollte es da geben? Schon als Lara vor wenigen Wochen von diesem Brief aus Frankreich erzählt hatte, hatte sie das Gefühl, dass die alte Geschichte um ihre Mutter wieder auflebte. Schon damals, als sie selbst vor vielen Jahren versucht hatte, hinter dem Rücken von Lotti etwas über ihr damaliges Verschwinden herauszubekommen, war ihr die Angelegenheit nicht geheuer gewesen. Irgendwie undurchsichtig. Sie war nicht weit gekommen, es gab keinerlei Hinweise, denen sie hätte nachgehen können. Es musste einen guten Grund dafür gegeben haben, weshalb nie darüber gesprochen worden war und sie wurde das Gefühl nicht los, die Sache besser auf sich beruhen zu lassen. Und jetzt das…

Lara sah ihre Großmutter ganz genau vor sich. Sie saß mit dem Rücken zu ihr an einem kleinen See. Es musste der See sein, den Lotti als Kind oft besucht hatte. Doch je näher Lara ihr kam, desto weiter schien die sich von ihr zu entfernen. Immer schneller lief sie auf ihre Großmutter zu, um sie endlich in den Arm nehmen zu können. Aber es war unmöglich. Als Lara innehielt, drehte sich Lotti zu ihr um. Ihr Lächeln war bezaubernd und ihr hübsches Gesicht strahlte. Sie sah jünger aus, viel jünger und ihre Locken waren nicht wie sonst zu einem Dutt zusammengesteckt, sondern fielen ihr offen auf die Schultern. Sie war einfach wunderschön. Langsam stand sie auf. Ein kleines Stück kam sie Lara entgegen. Doch dann blieb sie stehen. Lara spürte mit einem Mal eine so intensive Anziehungskraft und Zuneigung, wie sie es so noch nie zuvor gefühlt hatte. Ihr ganzer Körper wurde von einer ungewöhnliche Wärme durchflutet, die sie lebendig machte und gleichzeitig eine tiefe Entspannung und ein unglaubliches Glücksgefühl hinterließ. Lotti warf Lara eine Kusshand zu. Ein leichter Wind kam auf und trug diesen Kuss zu ihr. Sie spürte ihn, schloss die Augen und nahm ihn in ihrem Herzen auf. Als sie die Augen wieder öffnete, war Lotti verschwunden. Aber Lara war nicht traurig. Sie war selig vor Glück, weil sie sich in Liebe von ihrer Großmutter hatte verabschieden können...

Das Klingeln ihres Handys riss Viola um drei Uhr morgens aus dem Schlaf. Es war das Krankenhaus. Die Schwester bat sie, sofort zu kommen.

Als Andreas und Viola ins Zimmer ihrer Tochter stürmten, fanden sie sie völlig apathisch im Bett sitzend. Dr. Lambert saß neben ihr, redete auf sie ein, doch erst als Lara ihre Eltern sah, zeigte sich eine Regung in ihrem Gesicht.

„Oma Lotti ist tot. Habe ich recht?"

Viola wusste im ersten Moment nicht, wie sie reagieren sollte. Als sie aber den Arzt zustimmend nicken sah, sagte sie: „Ja, mein Schatz. Sie ist vor zwei Monaten von uns gegangen."

Lara senkte resigniert den Kopf. „Ich habe sie gesehen. Erst letzte Nacht. Sie hat sich von mir verabschiedet. Ich erinnere mich wieder." Andreas nahm seine Tochter fest in den Arm. „Und ich glaube, auch meine anderen Erinnerungen kommen langsam zurück. Sie sind noch lückenhaft, aber je mehr ich seit letzter Nacht darüber nachdenke, desto mehr fällt mir wieder ein."

Dr. Lambert nahm Viola zur Seite. „Wie war das Verhältnis zwischen Lara und ihrer Großmutter? Gab es da eine besondere Verbindung?" „Ja", antwortete Viola, „die gab es. Die beiden standen sich sehr nahe. Lara war auch die letzte, die Lotti lebend gesehen hat."

„Das erklärt einiges", meinte Dr. Lambert. „Der Unfall hat möglicherweise das Trauma Ihrer Tochter über den Verlust ihrer Großmutter erneut ausgelöst und damit die Amnesie verursacht. Ich hatte Sie ja bereits darüber aufgeklärt, dass es sich bei einem solchen Gedächtnisverlust oft um eine Schutzfunktion des Gehirns handelt. Es scheint so, als habe sich Lara, ohne Wissen und Wollen, von ihrer extremen psychischen Belastung befreit, von deren Existenz sie sicher nicht einmal wusste. Wenn ich sie richtig verstanden habe, hat sie sich jetzt gedanklich von ihrer Großmutter verabschieden können. Ich bin zuversichtlich, dass ihr Erinnerungsvermögen durch das Auflösen dieses Traumas in kürzester Zeit wieder vollkommen hergestellt ist. Aber bitte, gehen Sie vorsichtig mit ihr um. Der schwere Unfall und die schlimmen Folgen werden nicht leicht für sie zu verarbeiten sein. Auch wenn sie bereits weiß, wie es um ihren Freund Jakob steht. Auch die Erinnerung an die beiden anderen Männer und die damit verbundene emotionale Bindung wird zurückkehren. Seien Sie ihr einfach eine starke Stütze. Sie wird Sie brauchen."

„Das werden wir!", sagte Viola. „Ganz bestimmt. Vielen Danke für Ihre Hilfe."

17

Mittlerweile war es früh am Morgen und noch immer waren Viola und Andreas bei ihrer Tochter. Die drei waren zusammengekuschelt auf dem Bett eingeschlafen. Erst, als eine Schwester ins Zimmer kam, um nach Lara zu sehen, wachten sie auf. Es war ein wunderschönes Bild, die drei so dort liegen zu sehen, und die Schwester konnte sich ein Lächeln nicht verkneifen. Sie sahen aus wie eine glückliche Familie, so, als würde nichts dieses Glück je trüben können. Lara fühlte sich körperlich schon viel besser. Ihre Schmerzen im Bein ließen langsam nach, auch der Kopf tat nicht mehr so weh und zum ersten Mal seit Tagen fühlte sie sich in ihrem Körper wieder zu Hause.

„Ich glaube, mich an alles erinnern zu können und möchte euch gerne davon erzählen", begann Lara. „Jakob hat mich ein paar Tage nach Lottis Beerdigung in einen neuen Club mitgenommen, um mich ein wenig abzulenken. Dort haben wir Enzo kennengelernt. Enzo Dumont. Er war Austauschstudent und unser Kellner. Er studiert ab dem nächsten Semester wieder hier in Lyon Kunst. Weil wir uns so gut verstanden, haben wir uns ein paar Tage später noch einmal mit ihm getroffen.

Er stellte uns seinen Mitbewohner Lukas vor, der uns natürlich gleich begleitete. Jakob und Lukas haben sich sofort ineinander verliebt. Es war so schön zu sehen, wie glücklich er war. Und es tut so weh, ihn jetzt zu sehen…und wenn er gesund wird und erfährt, dass Lukas…" Lara hielt kurz inne. Es war schwer auszusprechen, was zur traurigen Wahrheit geworden war. „Die beiden haben viel miteinander unternommen und auch Enzo und ich sind uns näher gekommen. Ich erzählte ihm auch von dem Brief, den ich bei Lotti gefunden hatte. Ihr erinnert euch? Nachdem sein Studium in Deutschland beendet war und er zurück nach Frankreich musste, um während der Semesterferien bei seiner Familie zu sein, kam er auf die Idee, uns drei mitzunehmen und einen schönen Spätsommer zu verbringen. Ich habe mich überreden lassen, wie ihr wisst, auch mit dem Hintergedanken, vielleicht etwas über den Absender des Briefes herauszufinden. Ich wollte versuchen, mehr über die Geschichte zu erfahren, die Lotti mir erzählt hatte, bevor sie starb…Ich weiß, dass es nicht in deinem Sinn gewesen wäre, Mama. Entschuldige. Ich habe auch bewusst verschwiegen, euch von Lukas und Enzo zu erzählen. Ich wusste nicht, wie ihr reagieren würdet. Zumal meine Beziehung zu ihm noch sehr frisch ist und vielleicht gar keine Zukunft haben wird…ich wollte euch nicht beunruhigen und bin mit dieser Reise einfach meinem Herzen gefolgt."

Wieder wartete Lara ab, bevor sie weitersprach. Sie hoffte, ihre Eltern würden sie verstehen.

„Wir hatten eine wunderbare und auch sehr aufregende Zeit in Paris. Ich habe mir alles angeschaut, den Eiffelturm, den Louvre…es war einfach toll. Enzo hat mir sogar eine kleine Bar gezeigt, in der sich Studenten aus ganz Paris treffen. Er hat dort einige seiner ersten Zeichnungen ausgestellt. Es gab ein paar Probleme mit Lukas und Jakob, über die wir nicht reden müssen, weshalb wir aber unsere Reiseroute etwas abänderten und erst Richtung Lyon gefahren sind. Wir wollten bei Enzos Familie übernachten. Doch kurz vor dem Ziel ist an dem Wohnmobil von Lukas´ Vater der Reifen geplatzt. Wir standen mitten auf der Straße und da es begonnen hatte, in Strömen zu regnen, haben Jakob und Lukas versucht, den Wagen in eine Einmündung zu schieben. Man konnte kaum die Hand vor Augen sehen und das letzte, woran ich mich erinnern kann, ist, dass ich Jakob habe schreien hören… und dann diesen ohrenbetäubenden Knall…"

Lara kämpfte mit den Tränen. Alles, was sie in den letzten Tagen vergessen hatte, war wieder da und wie eine Lawine aus schmerzhaften Gefühlen über sie hinweggerollt. Alles war so unglaublich schwer zu verstehen…nichts war mehr so, wie es gewesen war. Lotti war nicht mehr am Leben, nicht mehr bei ihr und ihr wurde bewusst, dass sie ihren Tod bisher nicht verarbeitet hatte. Und Jakob…er durfte sie einfach nicht verlassen.

Laras Eltern konnten nicht sofort antworten. Einerseits war es unheimlich beruhigend, dass sich Lara wieder erinnern konnte, andererseits war es grausam von ihr zu hören, wie der Unfall passiert war. Die jungen Leute hatte keine Schuld getroffen und dennoch wurde einer von ihnen aus dem Leben gerissen und Jakob kämpfte gegen den Tod…

Andreas wiegte seine Tochter im Arm. Immer wieder versuchte er ihr zu erklären, dass bestimmt alles gut werden würde. Er mochte sich nicht ausmalen, wie es Jakobs oder Lukas´ Vater erging. Ein Szenario, welches er so schnell aus seinen Gedanken verbannte, wie es gekommen war.

Um ihre Tochter etwas abzulenken, obwohl sie dabei ein ungutes Gefühl hatte, fragte Viola nach Enzo. Ein kleines Lächeln erschien auf Laras hübschem Gesicht, das dem von Lotti im Moment ähnlicher war, denn je. Lara setzte sich auf. Ihre grünen Augen begannen herrlich zu leuchten und bildeten mit den Sonnenstrahlen in ihrem rötlichen Haar ein so wunderschönes Farbenspiel, dass es einfach traumhaft war, diese starke junge Frau anzusehen. Andreas und auch Viola waren in diesem Moment so glücklich und stolz auf ihr Kind, dass sie es am liebsten hinausgeschrien hätten.

„Ich glaube, ich habe mich verliebt. Ich kann es nicht wirklich anders beschreiben. Enzo ist wunderbar. Wir verstehen uns sehr gut, haben sehr ähnliche Interessen. Ich fühle mich so leicht und frei, wenn ich mit ihm zusammen bin." Unsicher, vielleicht etwas Falsches gesagt zu haben, blickte sie zwischen ihren Eltern hin und her. Ihr Vater schaute gespielt grimmig und misstrauisch, konnte diese Fassade aber nicht allzu lange aufrechterhalten.

„Na dann bin ich ja mal gespannt darauf, wann du uns diesen Prachtkerl vorstellen möchtest. An mir muss er nämlich erst einmal vorbei!", lächelte Andreas.

„Am liebsten sofort. Ich muss mich bei ihm entschuldigen. Wenn mich nicht alles täuscht, haben wir ihn zusammen mit einer älteren Dame auf dem Gang getroffen und ich habe ihn nicht wirklich erkannt. Er denkt sicher, dass ich verrückt geworden bin oder vielleicht nichts mehr mit ihm zu tun haben möchte…"
„Du solltest nichts überstürzen. Lass dir bitte Zeit", fiel ihr Viola bestimmend ins Wort. „Es wäre sicher besser, wenn du dich noch ein paar Tage ausruhst."

Lara begriff nicht, warum ihre Mutter plötzlich so beharrlich darauf bestand, dass sie sich Zeit ließe. Irgendwie hatte sie das Gefühl, dass Viola Enzo nicht kennenlernen wollte. Aber warum?

Viola war beunruhigt. Der Vorfall mit der Dame überschattete all ihre Gedanken. Sie konnte ihre Gefühle dazu nicht beschreiben, aber sie wusste, dass sie sie nicht kennenlernen wollte. Sie hatte regelrecht Angst davor, doch es lag nicht in ihrer Hand...

*

Es klopfte an der Tür. Als Lara antwortete, öffnete sie sich langsam und ein junger Mann steckte vorsichtig den Kopf herein. „Enzo!", rief Lara begeistert.

Noch immer etwas zurückhaltend und vorsichtig, ging er langsam auf Lara zu. „Erkennst du mich?", fragte er skeptisch. „Ja, ich erkenne dich! Wie sollte ich nicht? Bitte entschuldige die kurzfristige Auszeit meines Gehirns." Sie streckte ihm lächelnd die Arme entgegen.

„Ich kann dir gar nicht sagen, wie glücklich ich bin. Ich hatte solche Angst um dich!", flüsterte Enzo und bedeckte Lara mit zärtlichen Küssen. „Ich habe dich so vermisst..." Lara spürte in diesem Moment keine Schmerzen. Liebe und Sehnsucht durchfluteten ihren Körper. Seit langer Zeit hatte sie diese Gefühle nicht mehr gespürt oder zugelassen. Sie wusste genau in diesem Augenblick, wie sehr sie sie vermisst hatte. Ihn vermisst hatte, seine Nähe, seinen Duft, seine Zärtlichkeit…nie war sie dankbarer, ihn wieder bei sich zu haben…

„Entschuldigung, ich möchte nicht stören…" Lara erschrak, als sie die Stimme hörte.

„Großmutter!" Enzo stand auf und lief Camille entgegen. „Lara, das ist meine Großmutter Camille. Ich hätte sie dir gerne unter anderen Umständen vorgestellt." Lara war zwar ein wenig überrascht, begrüßte die ältere Dame aber freundlich und bat sie, Platz zu nehmen.

„Großmutter hat sich nicht davon abbringen lassen, mit dir zu reden. Ich kann ihr keinen Wunsch abschlagen, ich hoffe, du hast nichts dagegen?" Lara war verwirrt. Die Situation kam ihr merkwürdig vor. Camille hatte sich Lara gegenübergesetzt und musterte sie eingehend. Nur ein Wort kam über ihre Lippen: „Lotti".

Erstaunt sah Lara zu Enzo, der mit den Schultern zuckte. Hatte sie Camille nicht schon einmal gesehen und hatte sie sie da nicht auch Lotti genannt? Lara war unsicher, wie sie reagieren sollte. Vorsichtig begann sie zu reden: „Ich weiß nicht, ob Sie mich verstehen können?" Camille nickte ruhig. „Ich spreche deutsch", antwortete sie. Lara atmete noch einmal tief ein. „Ich bin nicht Lotti. Lotti war meine Großmutter. Sie ist vor einigen Wochen verstorben. Aber woher kannten Sie sie?" Noch immer überwältigte sie die Trauer, wenn sie sich dieser Worte bewusst wurde. Camille senkte den Kopf. Enzo hielt ihr die ganze Zeit die Hand. Als sie wieder aufschaute, hatte sie Tränen in den Augen. „Das tut mir sehr leid. Ich möchte nicht, dass Sie denken, ich wäre verrückt oder senil, aber ich habe Lotti sehr gut gekannt. Und eine lange Zeit mit ihr zusammen verbracht. Sie sind ihr wie aus dem Gesicht geschnitten."

Laras Gedanken drehten sich in ihrem Kopf wie ein Karussell. Woher kannte Camille Lotti? Sie stammte aus Lyon. Aber wenn sie sich recht erinnerte, hatte Enzo einmal erwähnt, dass sie in der Nähe von Toulon aufgewachsen war, oder? Die Geschichte von Jacques fiel ihr wieder ein. Er lebte ebenfalls in Frankreich. Womöglich kannte Camille ihn, aber das wäre ein großer Zufall. Oder nicht? Aber Lotti? War Camille einmal in Deutschland gewesen und hatte Lotti kennengelernt? Lara hatte Mühe, eine vernünftige Antwort darauf zu finden. Plötzlich stand sie auf und ging auf unsicheren Beinen zu ihrem Schrank. Verzweifelt durchwühlte sie ihre Sachen, ihr Herz schlug ihr bis zum Hals, ihre Hände zitterten…und dann fand sie, wonach sie gesucht hatte. Den Brief.

Schweigend reichte Lara Camille den Brief. Nach endlosen Minuten der Stille sagte die mit zitternder Stimme: „Ich kenne diesen Brief."

18

Es war im Sommer 1941. Ich war gerade 13 Jahre alt und erinnere mich noch ganz genau daran, wie ich Jacques kennenlernte. Er kam mit einem alten Fahrrad auf unseren Hof gefahren, wo ich gerade die Wäsche aufhängte. Er war außer sich vor Aufregung und rief immer wieder: ‚Ich brauche einen Arzt, ich brauche einen Arzt!' Mein Vater war der einzige Veterinär in der Gegend und deshalb ging ich davon aus, dass Jacques einen Tierarzt brauchte. Mein Bruder Hugo kam aus dem Stall gerannt und redete mit dem jungen Mann. Er musste ungefähr so alt sein wie Hugo, beide hatten dunkelblonde Haare und hellblaue Augen. Sie hätten Brüder sein können... Nach kurzer Zeit lachte mein Bruder laut auf und erklärte, dass unser Vater Tierarzt sei und keine Menschen behandeln würde. Hugo winkte ab und ließ Jacques einfach stehen. Als ich das sah, ging ich auf ihn zu und fragte, was denn passiert sei. Vollkommen aufgelöst erzählte er mir, dass seine Mutter bei der Arbeit auf dem Feld schwer gestürzt sei. Sie bewege sich nicht mehr und atme nur noch ganz flach. Ich überlegte nicht lange und rannte los, um meinen Vater zu holen. Sofort fuhren mein Vater, Hugo, Jacques und ich los. Als wir ankamen, bot sich uns ein *erbärmliches Bild. Jacques' Mutter lag völlig leblos neben einem Traktor, das Bein unnatürlich verrenkt und sein Vater schrie aus Leibeskräften auf sie ein. Schnell wies uns mein Vater an, was zu tun war. Während er sofort auf die Verletzte zurannte, holte mein Bruder Vaters Koffer und ich kümmerte mich um Jacques. Nach wenigen Minuten war alles vorbei. Jacques' Mutter hustete und setzte sich mit Hilfe ihres Mannes langsam auf. Mein Vater hatte sie gerettet und das wurde der Beginn einer tiefen Freundschaft zwischen unseren Familien. Wenn Jacques nicht auf dem Feld arbeiten musste, war er bei uns und half uns mit den Tieren. Es verging kaum ein Tag, an dem wir uns nicht sahen und nach und nach erfuhren wir, wie sehr er Deutschland vermisste und vor allem seine Lotti. In Deutschland herrschte seit drei Jahren Krieg und als Jude hatte er keine Möglichkeit, sie zu besuchen. Es war herzzerreißend, wie liebevoll er von seinem Mädchen sprach, das er als Kind kennengelernt und sich von Mal zu Mal mehr in sie verliebt hatte. Sie waren noch so jung gewesen und doch schon so eng miteinander verbunden. Sie schrieben sich regelmäßig und immer, wenn er einen Brief bekam, las er ihn uns vor. Mit der Zeit lernte ich sehr gut Deutsch. Jacques erklärte mir, dass er Lotti immer auf Französisch schrieb und sie deutsch antwortete. So vergaß er seine Muttersprache nicht und sie lernte Französisch. Eines Tages kam ein Brief, in dem ein Bild von ihr war. Jacques war so stolz, als er es uns zeigte. Sogar Hugo*

179

verschlug es die Sprache, als er es sah. Lotti war inzwischen erwachsen, 19 Jahre jung und wunderschön. Rötliche Locken umrahmten ihr hübsches Gesicht mit den hellgrünen Augen. Jeder, wirklich jeder hätte sich sofort in sie verliebt. Jacques kam gar nicht von dem Bild los. Immer wieder schaute er es an und hielt dabei den Talisman, den er von Lotti geschenkt bekommen hatte, in den Händen. Ach... ich fand das wunderbar...ich fand die beiden so wunderbar und ich wünschte so sehr, dass der Krieg bald vorüber sein würde und sich die beiden nach vielen Jahren wiedersehen könnten. Leider hatte das Schicksal andere Pläne. Völlig andere Pläne...

Lara saß wie gebannt da und hörte Camille zu. Sie hatte gar nicht mitbekommen, dass ihre Eltern bereits vom Essen zurück waren. Sie bemerkte auch nicht, wie sehr Viola mit sich kämpfte und Andreas immer wieder bemüht war, sie davon abzuhalten, das Gespräch zu unterbrechen. Es war also ein Brief von Jacques, von dem Jacques, den auch Lotti lieben gelernt hatte. Es war einfach unglaublich, wie sich der Kreis begann zu schließen, obwohl da noch so viele Fragen offen waren...

Es verging noch ein weiteres Jahr, in dem wir drei immer weiter zusammenwuchsen, und als sich langsam abzeichnete, dass Hitlers Untergang bevorstand, und davon war Jacques überzeugt, wurde er immer aufgeregter. Er hatte nie ein anderes Mädchen angeschaut, nie, und jetzt sah er die Chance, endlich wieder nach Deutschland zu seiner Lotti fahren zu können. Wir erlebten so viele Dinge gemeinsam und die beiden Jungen wurden unzertrennlich. Eine meiner Freundinnen verliebte sich in Hugo und so verbrachte ich auch einige Zeit mit Jacques allein. Wir redeten die meiste Zeit von unserer Zukunft. Wie es weitergehen würde und welches Glück wir gehabt hatten, dass uns der Krieg verschont hatte. Ich träumte davon, Medizin zu studieren in Lyon oder Paris und Jacques malte sich eine Zukunft mit Lotti auf dem heimischen Hof aus. Heirat, Kinder... Doch es sollte anders kommen.

In ihrem letzten Brief schrieb sie, dass sie einen Mann kennengelernt hatte. Jacques war am Boden zerstört. Er las den Brief immer wieder, versuchte zu verstehen, ob sie es wirklich ernst meinte. Warum sie nicht auf ihn hatte warten können, warum sie so plötzlich nicht mehr von Liebe, sondern von Freundschaft sprach. Er konnte es sich nicht erklären und ich konnte es auch nicht. Zu diesem Zeitpunkt kannte ich den Grund für Lottis Sinneswandel noch nicht... später verstand ich...

Jacques zog sich immer mehr in sich zurück. Er schrieb ihr täglich Briefe, in denen er sie anflehte, diesen Mann nicht zu heiraten. Er war sich dessen sehr wohl bewusst, dass sie seine Zeilen erst in Wochen und Monaten erreichten, aber er gab niemals auf. Im September 1942 kam der vorerst letzte Brief von Lotti an. Er war ernüchternd und zugleich so surreal, dass man vermuten musste, sie hätte ihn gar nicht selbst geschrieben. Aber die Handschrift war eindeutig Lottis und so konnte Jacques, auch wenn er zweifelte, nicht umhin, ihren Zeilen Folge zu leisten. Sie schrieb, dass sie heiraten würde und sich verbitten würde, noch weitere Briefe von ihm zu bekommen. Sie wünschte ihm ein glückliches Leben und schloss den Brief lediglich mit dem Wort: Ade!

Ich weiß nicht, wie ich es beschreiben soll, aber Jacques veränderte sich schlagartig. Aus dem ruhigen, freundlichen und offenherzigen jungen Mann wurde ein stiller, trauriger und tief enttäuschter Mensch, der alle Hoffnung auf eine Zukunft verloren hatte. Weder seine Eltern, noch Hugo und ich waren in der Lage, ihn aufzumuntern und dazu zu bewegen, einen neuen Weg zu gehen. Es gab viele junge Frauen, die gerne an seiner Seite gewesen wären, doch er lehnte sie alle ab. Am ersten Oktober stand er vor unserer Tür. Bepackt mit einem großen Rucksack, abgemagert, entschlossen. Er sagte uns in kurzen und knappen Worten, dass er sich zur Marine in Toulon gemeldet habe. Niemand von uns konnte etwas sagen. Wir waren geschockt. In den letzten Wochen wurden immer mehr Stimmen laut, dass sich die deutschen Truppen der französischen Grenze auf dem Seeweg nähern wollten. Es war furchtbar, ihn gehen zu sehen, ohne ein weiteres Wort. Aber ich wusste, er würde sich nicht davon abbringen lassen.

Am 27.11.1942 stießen die deutschen Truppen auf den Kriegshafen in Toulon vor. Die französische Flotte unter der Regierung Vichy hatte bereits seit Wochen die Operation „Lila" geplant. Dies bedeutete, dass die französische Flotte den Deutschen im Falle eines Angriffs mit einer Selbstversenkung zuvorkommen wollte, um so den Schaden an der französischen Marine so gering wie möglich zu halten. Jacques war auf der „Strasbourg" stationiert, einem der Schlachtschiffe, der das Unternehmen gelang.

Erst viel später erfuhren wir, dass Jacques bei dem Manöver tödlich verletzt worden sei. Seine Habseligkeiten wurden seinen Eltern zugeschickt, sein Leichnam allerdings wurde nie gefunden...

Lara konnte nicht glauben, was sie gerade gehört hatte. Wie konnte es sein, dass Jacques im Krieg umgekommen war und Jahre später einen Brief an Lotti geschrieben hatte?

„Camille, ich verstehe nicht…", begann Lara, doch die schien emotional in die Vergangenheit zurückversetzt, schien noch einmal alles zu durchleben und zu fühlen…

Hugo war seit der Todesnachricht nicht mehr der gleiche. In den ersten Tagen verkroch er sich nach der Arbeit in seinem Zimmer. Er beendete die Beziehung mit seiner Freundin, sprach mit niemandem mehr, kapselte sich vollkommen ab. So vergingen viele Monate und sogar Jahre. Als Jacques' Mutter starb, kam sein Vater auf den Hof und übergab mir die Briefe und das Amulett seines Sohnes. Er war um Jahre gealtert, hatte die Landwirtschaft aufgegeben und wollte zurück nach Deutschland zu seinen Verwandten. Hier hielt ihn nichts mehr, Frankreich hatte einst das Glück für seine Familie bedeutet, jetzt war er allein, einsam ohne seinen Sohn und ohne seine Frau. Es war schrecklich, ihn so zu sehen. Doch er wollte, dass wir Jacques' Andenken für ihn bewahren, ihn und seine glückliche Zeit mit Lotti nicht vergessen sollten. Nächte lang saß ich über den Briefen, las sie immer wieder. Ich las vor allem Lottis letzten Brief so oft, dass ich später davon träumte. Es ließ mich einfach nicht zur Ruhe kommen, wie der Brief geschrieben war. Nichts erinnerte darin mehr an die Liebe und Sehnsucht aus all den Briefen davor. Dieser wirkte kalt, unwirklich, irgendwie vollkommen fremd. Der Gedanke, dass mit diesem Brief oder vielleicht auch mit Lotti selbst etwas nicht stimmte, prägte sich bei mir so tief ein, dass ich der Sache unbedingt auf den Grund gehen musste. Eines Abends klopfte ich an Hugos Tür. Ich hoffte einfach, er würde mir öffnen und endlich wieder mit mir reden. Zu meiner Verwunderung ließ er mich ein. Weinend fiel er mir um den Hals. Er hatte so lange getrauert, dass aus ihm ein anderer Mensch geworden war. Jacques war der Bruder gewesen, den er nie gehabt hatte, sein bester Freund, sein Seelenverwandter. Und er war wütend…wütend auf Lotti, die wir so lieb gewonnen hatten, allein aus dem Grund, weil sie Jacques glücklich gemacht hatte…

Als ich ihm gegenüber mein Unbehagen wegen ihres letzten Briefes äußerte, wurde auch er stutzig. Und so schmiedeten wir einen Plan. Sieben Jahre nach Jacques' Tod schrieb ich in seinem Namen diesen Brief an Lotti…

Ich hatte seine Handschrift so verinnerlicht, dass kaum ein Unterschied zu sehen war. Und obwohl Hugo und mir nicht wirklich wohl dabei war, schickten wir den

185

Brief ab. Es war uns wichtig, vielleicht so zu erfahren, warum Lotti Jacques so plötzlich aus ihrem Leben verbannt hatte, auch wenn er es nicht mehr erfahren würde. Wir waren es ihm schuldig, so dachten wir. Zu keinem Zeitpunkt haben wir uns Gedanken darüber gemacht, was wäre, wenn sie antworten würde, wie wir reagieren, ob wir uns zu erkennen geben würden. Aber diese Gedanken wurden uns einfach abgenommen. Von Lotti selbst. Nicht einmal ein Jahr später, ich weiß noch sehr genau, dass es an einem Sonntagmorgen war, dass Jacques' Vater vor unserer Tür stand. Wir wollten gerade zur Kirche gehen, als ich ihm förmlich in die Arme rannte. Ich konnte seinen Gesichtsausdruck nicht deuten. Er sah hilflos und überrascht zugleich aus. Er zögerte, bevor er zu sprechen begann: „Würdest du bitte Hugo holen? Ich möchte euch jemanden vorstellen." In diesem Moment erschien Hugo hinter mir. Wortlos gingen wir mit Jacques' Vater den schmalen Weg zum Feld hinunter. Eine zierliche Gestalt saß zusammengesunken auf dem großen Stein an der Eiche.

„Sie stand einfach vor mir, als ich das Haus verließ. Ich habe sie einfach hierher gebracht." Mit diesen Worten drehte sich Jacques' Vater um und ging.

Langsam näherten wir uns dem Geschöpf, dessen starrer Blick am Boden haftete. Erst, als Hugo sie ansprach, hob sie den Kopf. Ihr Gesicht war eingefallen, die großen Augen standen traurig hervor.

Doch ich erkannte sie sofort. So oft hatte ich mir ihr Bild angeschaut.

Es war Lotti!

Sie musste es sein! Eine rötliche Strähne lugte unter ihrem Hut hervor. Sie musste lang unterwegs gewesen sein. Ihre Kleidung sah etwas schäbig aus, obwohl man bemerkte, dass sie trotz allem um etwas Eleganz bemüht war. Als sie Hugo ansah, musterte sie ihn zunächst. Plötzlich stand sie auf. Sie zupfte nervös an ihrem dünnen Mantel und schob die Haarsträhne verlegen unter den Hut.

„Jacques?", fragte sie unsicher. Hugo schaute mich erstaunt an. Ich wusste nicht, wie ich reagieren sollte, was ich sagen sollte. Weder Hugo noch ich bekamen die Gelegenheit, länger darüber nachzudenken.

„Ich bin es, Lotti. Es tut mir so leid." Und im nächsten Moment fiel sie Hugo um den Hals. Er war so verschreckt, dass er es sich einfach gefallen ließ. Doch als sie ihm einen zarten Kuss auf die Wange hauchte und er die Tränen in ihren Augen sah, war es um ihn geschehen. Man konnte förmlich spüren, wie er sich in dieses wunderschöne Geschöpf verliebte. Ich stand wie versteinert daneben. Als Lotti mich bemerkte und sah, wie schockiert ich war, trat sie irritiert zurück. „Entschuldigung, wer sind Sie? Ich wollte nicht...ist Jacques etwa Ihr Mann?", fragte sie in sehr gutem

Französisch. Hugo war vollkommen durcheinander. Dennoch war er, anders als ich, sofort in der Lage zu antworten. „Nein, nein, das ist meine Schwester Camille. Ich habe keine Frau." Lotti fasste sich ans Herz und lachte erleichtert auf. „Du hast mir nie von einer Schwester erzählt? Früher nicht und auch nicht in deinen Briefen?" Hugo antwortete wahrheitsgemäß, dass ich erst im Alter von acht oder neun Jahren adoptiert und in die Familie aufgenommen worden war. Meine Eltern waren bei einem Unfall gestorben und da Hugos Mutter meine Patentante und gute Freundin meiner Mutter gewesen war, nahmen sie mich auf wie ihr eigenes Kind...zumindest das war nicht gelogen.

Lotti ging wieder auf Hugo zu und schaute ihm tief in die Augen. Ich war der Meinung, dass sie bemerken würde, dass sie nicht Jacques vor sich hatte, doch als sie das Amulett an Hugos Hals entdeckte, schien sie sich sicher. Er trug es, seit es uns Jacques' Vater gegeben hatte...zu Jacques' ehrenvollem Gedenken, für seinen Bruder, den er so immer bei sich hatte.

Aus vielen Gründen, die ich schon wenig später nicht mehr nachvollziehen konnte, begann eine Geschichte, die auf einer Lüge aufbaute und tragisch enden sollte...

Camille bat sichtlich ergriffen um ein Glas Wasser. Enzo ging kurz aus dem Zimmer, um es zu holen. Es war unglaublich, einfach unfassbar, was sie erzählt hatte. Schon oft hatte Lara das Gefühl gehabt, ihre

Großmutter nicht wirklich gekannt zu haben, doch momentan konnte man meinen, dass Camille von einer völlig fremden Frau sprach. Lara sah zu ihren Eltern. Viola saß fassungslos neben ihrem Mann, der sie beschützend im Arm hielt.

„Mama!" Vorsichtig stand Lara auf und lief auf Krücken gestützt langsam zu ihnen. Sie nahm ihre Mutter in den Arm und strich ihr zärtlich über den Rücken. „Ist es in Ordnung für dich?" Viola antwortete zunächst nicht. Wenige Sekunden später holte sie tief Luft, sah Lara an und nickte. „Ja, ich denke, ich möchte die Geschichte meiner Mutter hören."

„Ihrer Mutter?" Camille sah Viola erstaunt an. „Entschuldigen Sie, Lotti war Ihre Mutter?"

„Ja", antworte Viola deutlich ruhiger. „Sie war meine Mutter und gleichzeitig eine mir völlig fremde Frau, wenn ich Ihnen Glauben schenken kann."

Camille senkte den Kopf und vergrub ihr Gesicht in den Händen. Sie begann zu weinen. In diesem Moment kam Enzo mit dem Glas Wasser zurück. „Ist alles in Ordnung, geht es dir gut?", fragte er besorgt. „Ja, es geht schon", antwortete sie abwesend. Und auch Viola und Lara fragten sich, warum sie plötzlich so in sich gekehrt wirkte. Nach einer Weile ging Lara auf sie zu und sagte: „Camille, wir können auch morgen weiterreden, wenn es Ihnen nicht gut geht." Aber die winke ab, trank einen Schluck und meinte: „Ich möchte Ihnen, wenn Sie nichts dagegen haben, gerne weitererzählen, wie ich Lotti kennen und lieben gelernt habe. Ich glaube, es ist auch sehr wichtig, dass Sie etwas über ihr Leben erfahren."

19

Lotti wurde in unser Haus aufgenommen, ohne dass meine Eltern zunächst wussten, wer sie war. Es war kein Problem für sie und wie sich bald herausstellte, war sie uns eine große Hilfe. Sie arbeitete wirklich hart auf dem Hof, versorgte die Tiere und ging meiner Mutter zur Hand. Sie schlief in der kleinen Kammer neben meiner und fast jeden Abend hörte ich sie beten und leise weinen. Ich traute mich zunächst nicht, sie darauf anzusprechen. Eines Abends kam jedoch Hugo zu mir und beichtete mir, an Lottis Tür gelauscht zu haben. Er habe sie weinen hören und bat mich darum, mit ihr zu reden. Wir beschlossen, zusammen zu ihr zu gehen. Als wir an ihrer Tür klopften, wurde es zunächst still. Wenig später öffnete sie die Tür und sah uns erstaunt an. Sie ließ uns ein und als wir fragten, wie es ihr ginge, brach sie erneut in Tränen aus. Hugo nahm sie in den Arm und wiegte sie sanft. Es war wunderschön, die beiden so zu sehen, gleichzeitig zog sich mein Herz zusammen, weil ich wusste, wie falsch es war. Plötzlich setzte sich Lotti auf und begann zu reden: „Ich vermisse ihn so sehr. Niemals hätte ich gedacht, dass ich ihn so vermissen würde." Hugo und ich wussten aus ihrem letzten Brief an Jacques, dass sie im Begriff gewesen war zu heiraten. Aber wenn es um ihren Mann ginge, warum war sie dann hier? Warum hatte sie ihn verlassen? Skeptisch und mit einem verletzten Unterton fragte Hugo nach: „Du vermisst deinen Mann?"

Lotti lachte höhnisch auf. „Nein, ihn bestimmt nicht. Aber meinen Sohn Hans."Sie starrte zu Boden und nach einer gefühlten Ewigkeit begann sie zu reden. „Ich habe Wilhelm im November 1941 kennengelernt. Ich war gerade mit meinem Bruder Johannes und meinem Stiefvater in der Stadt, als wir Wilhelm und seinem Vater begegneten. Mein Vater war einige Jahre zuvor plötzlich verstorben und unsere Mutter heiratete schnell wieder, um uns durch die schwere Zeit des Krieges zu bringen. Ich mochte meinen Stiefvater, er war immer gut zu uns. Er und Wilhelms Vater kannten sich aus der Fabrik. Ich fand Wilhelm sympathisch und unterhielt mich mit ihm. Weil wir uns gut verstanden, trafen wir uns noch ein paar Mal. Solange sein Vater nicht in der Nähe war, war Wilhelm ganz lustig und verstand es auch, auf unkomplizierte Art mit mir zu reden. Ich fand es einfach unterhaltsam und dachte mir nichts dabei, bis mich mein Stiefvater eines Abends zu sich rief. Ich betrat die Wohnstube. Er saß im Sessel, meine Mutter stand neben ihm. Nachdem er mich lange gemustert hatte, sagte er ruhig und bestimmt: „Du wirst Wilhelm heiraten. Ich habe dich bei meiner Heirat mit deiner Mutter anerkannt und aufgenommen. Aber die Zeiten sind schlecht geworden und du bist alt genug, um deine eigene Familie zu gründen. Mit Wilhelm machst du einen guten Fang und wir haben ein Maul weniger zu stopfen. "

Damit war er fertig mit mir und als ich später meine Mutter um Erklärung bat, wich sie mir nur aus und meinte, ich solle tun, was mein Stiefvater verlangte. Doch ihre Augen sprachen eine andere Sprache. Es tat ihr leid, sie wollte mich nicht gehen lassen, aber sie musste ihrem Mann gehorchen.

Es dauerte noch genau eine Woche, bis Wilhelm vor unserer Tür stand und um meine Hand bat. Unsere Eltern waren dabei und nach den drohenden Blicken meines Stiefvaters zu urteilen, sollte ich es nicht wagen, den Antrag abzulehnen. So sagte ich widerwillig zu und der Alptraum begann. Wilhelm kam einfach in meine Kammer, stöberte unerlaubt in meinen Sachen, tat so, als wäre ich seine Untergebene und lachte mich wegen der vielen Stickereien, die ich mit meiner Mutter angefertigt hatte, aus. Wenn ich in sein Haus käme, würde er mir schon beibringen, wie man richtig arbeiten müsste, um sein Brot zu verdienen. Dann fand er deine Briefe, Jacques. Es war schrecklich, einfach schrecklich. Wilhelm wurde wütend und zerriss die Briefe und alles Schreien und Flehen half nichts. Er befahl mir, die Freundschaft mit dir sofort zu beenden, weil ich schließlich ihn heiraten würde. Als ich mich widersetzte, schlug er mir ins Gesicht. Ich war irritiert und tief verletzt. Einen solchen Mann würde ich niemals heiraten. Später ging ich zu meinen Eltern und erzählte ihnen, was vorgefallen war. Meine Mutter nahm mich beschützend in den Arm, aber meinem Stiefvater war das gleichgültig. Er bestand darauf, dass ich Wilhelm heiratete, komme, was da wolle.

Meine Mutter konnte nicht gegen ihren Mann aufbegehren und so wurde der Tag der Eheschließung auf den 5.5.1942 festgelegt. Wilhelm trug mir unter Androhung von Gewalt auf, dir einen letzten Brief zu schreiben.

Lotti weinte, als sie uns das erzählte. Sie entschuldigte sich so oft bei Hugo, den sie noch immer für Jacques hielt, für diese Zeilen. Sie habe es nicht gewollt und sie könne es nie wieder gutmachen. Die ersten Jahre mit ihrem Mann waren geprägt von Arbeit und Unterdrückung durch die Schwiegereltern. Lotti lebte mit Wilhelm in deren Haus und obwohl ihr Schwiegervater die Heirat forciert hatte, machte er keinen Hehl daraus, sie nicht zu akzeptieren. Sie machte ihnen nichts recht und immer wieder wiegelten die Schwiegereltern den Sohn auf, ihr zu zeigen, wer der Herr im Hause war. Es kam soweit, dass Lotti ihrem Mann sagte, dass sie ihn verlassen würde, schlüge er sie noch einmal. Doch Wilhelm lachte nur. Er war sich sicher, dass sie nirgendwohin gehen würde und es auch nicht konnte. Schließlich wurde er im November 1943 zur SS eingezogen. In der Nacht, bevor er gehen musste, kam er zu Lotti ans Bett. Er war verändert, ruhig, traurig und voller Angst. Er bat darum, bei ihr liegen zu dürfen und sich von ihr trösten zu lassen. Er hatte große Sorge, nicht nach Hause zurückzukehren. In dieser Nacht schlief das ungleiche Paar miteinander und Lotti wurde schwanger. Sie redete immer wieder davon, dass sie die Gelegenheit hatte nutzen wollen, das Haus zu verlassen, während Wilhelm an der Front gewesen war, doch ihr Zustand hatte es ihr nicht erlaubt. In der Zeit der Schwangerschaft verhielten sich die Schwiegereltern überraschend anders. Sie freuten sich auf das Kind ihres einzigen Sohnes und diese Freude half ihnen über die Sorgen hinweg, Wilhelm durch den Krieg verlieren zu können. Im Sommer 1944 brachte Lotti einen gesunden Jungen zur Welt, den kleinen Hans. Er war trotz aller Umstände ihr ganzer Stolz und sie liebte ihn. Ihre Schwiegereltern jedoch nahmen ihr das Kind oft weg und bemutterten es, während Lotti die Arbeit allein verrichten musste. Manchmal sah sie den Jungen den ganzen Tag nicht. Als Wilhelm plötzlich vollkommen unerwartet nach Hause kam, weil er verwundet worden war, drehte sich das Blatt ein wenig. Wilhelm war ganz vernarrt in seinen Sohn und das Verhältnis zu seiner Frau wurde etwas besser. Fast hätte man meinen können, sie seien eine kleine, glückliche Familie, doch das Damoklesschwert hing drohend über ihnen. Als Wilhelm genesen war, begann er wie seine Eltern erneut, Lotti das Leben zur Hölle zu machen. Hans wurde größtenteils durch die Schwiegermutter aufgezogen, da sie es ihr einfach nicht zutraute, ihn zu einem richtigen Mann zu erziehen. Die wenigen Stunden, die sie mit ihrem Sohn verbringen durfte, waren die schönsten ihres Lebens. Wenn sie von Hans erzählte, leuchteten ihre wunderschönen Augen und gleichzeitig sah man den Schmerz ihrer Seele, ihr Unglück und die verloren geglaubte Liebe. Für mich war es ein Wechselbad der Gefühle, diese starke Frau vor mir sitzen zu sehen, sie zu belügen, aber gleichzeitig vor noch größerem Leid zu beschützen, weil wir ihr die Wahrheit über Jacques nicht sagen würden.

Es vergingen viele Monate und Lotti lebte einfach weiter bei uns. So manches Mal drohte unsere gemeinsame Notlüge aufzufliegen, wenn unsere Eltern Hugo beim Namen riefen. Doch sie schien es kaum zu bemerken. Bis sie Hugo eines Tages darauf ansprach. Ihm musste das Herz vor Schreck stehengeblieben sein und weil er nicht anders konnte und auch nicht mehr anders wollte, log er weiter und meinte, Hugo wäre sein zweiter Vorname.

Er hatte sich in sie verliebt. Man sah es ihm an, man spürte es, wenn sie zusammen arbeiteten, miteinander redeten und gemeinsam lachten. Auch Lotti fühlte wie er, obwohl sie in einer misslichen Lage steckte und ihre Rückkehr nach Deutschland absehbar war. Zumindest glaubte ich das. Ich konnte mir nicht vorstellen, dass sie Hans nicht wiedersehen wollte, ihn einfach zurücklassen würde. Ich mochte mir nicht ausmalen, wie es in Lotti aussah, hin- und hergerissen zwischen der Liebe zu einem Mann und ihrem Kind.

Wir erlebten so viele schöne Dinge zusammen und fast fühlte es sich so an, als würde alles gut werden. Eines Tages, es war ein heißer Sommertag und wir waren gerade mit unserer Arbeit auf dem Feld fertig, rannte Lotti auf mich zu, riss mich mit sich ins Gras und wir lagen einfach auf dem Rücken und schauten in den Himmel. Sie sagte, sie habe sich noch nie so frei und glücklich gefühlt wie gerade in diesem Moment. Sie wäre nirgends lieber als hier bei uns, bei Jacques, den sie nie vergessen hatte. Ich schluckte und spürte, wie es mir den Hals zuschnürte. So sehr wünschte ich, der echte Jacques selbst hätte diese Liebe erfahren können, hätte erleben dürfen, dass Lotti zu ihm zurückgekehrt war. Doch auch für meinen Bruder wünschte ich mir dieses Glück. Ich ließ diese Gedanken an mir vorübergleiten und genoss einfach den Moment, mit ihr im Gras zu liegen...bis sie mich plötzlich auf Jacques' besten Freund ansprach. „Camille", meinte sie, „wenn ich mich recht erinnere, hatte Jacques einen sehr guten Freund, von dem er mir auch oft schrieb. Hieß er nicht Hugo? So wie Jacques mit Zweitnamen? Ist das nicht ein lustiger Zufall? Wo ist er? "

Mein Gott, dachte ich. Ich wusste nicht, was ich antworten sollte. Ich steckte in der Klemme. Sollte ich ihr jetzt die Wahrheit sagen? Ich tat so, als hätte ich sie nicht gehört und schloss die Augen. Ich brauchte Zeit zum Nachdenken. Doch sie ließ nicht locker und stieß mich an. „Antwortest du mir bitte?" Als ich die Augen aufschlug, hatte sie sich über mich gebeugt und schaute mich auffordernd an. Ich konnte ihren Blick nicht deuten, aber er sagte mir, dass sie eine Antwort erwartete. „Hugo ist im Krieg gefallen. Wir reden nicht darüber, bitte entschuldige", log ich und wandte mich ab. Als ich sie wieder ansah, wischte sie sich eine Träne von der Wange. Sie ließ ihren Blick über das Feld schweifen, dann wandte sie sich mir wieder zu. „Es tut mir leid, das wusste ich nicht", sagte sie betroffen.

Das schlechte Gewissen ließ mich den ganzen weiteren Tag nicht mehr los. Am Abend redete ich mit Hugo und versuchte ihn davon zu überzeugen, Lotti die Wahrheit zu sagen. Wir stritten deshalb und Hugo verließ angespannt den Hof. Wenig später kam er jedoch zurück. Wir gingen ein Stück zusammen und als er sich wieder beruhigt hatte, versuchte er, mir seine Gefühle zu beschreiben. Er hatte so lange in Trauer und Mutlosigkeit gelebt, nachdem die Todesnachricht von Jacques gekommen war. Er hatte sich nie ein Leben ohne ihn vorstellen können, er wollte, dass sie beide ihre eigenen Familien hatten, ihre Kinder zusammen aufwuchsen und genauso unzertrennlich waren wie ihre Väter. Es war schwierig zu sehen und nicht helfen zu können, als Jacques den letzten Brief seiner großen Liebe in den Händen hielt und sich fortan sein gesamtes Wesen änderte. Hugos Hilflosigkeit seinem besten Freund gegenüber und dessen tragisches Ende hätte er niemals verwunden, wäre nicht plötzlich diese wunderbare Frau in sein Leben getreten. Hugo hielt es für Schicksal, für eine Fügung Gottes, dass Lotti nach Jahren zurückgekommen war und auch wenn es für Jacques zu spät war, war es das für ihn und auch für sie nicht. Ich konnte ihn verstehen, spürte, wie er mit Lotti wieder zu leben begonnen hatte, auch wenn die unglaublich verwirrenden Umstände ein schwerer Wermutstropfen waren, Hugos Liebe zu ihr war stärker. Er selbst wusste nicht, ob er ihr jemals die Wahrheit würde sagen können, er hoffte und betete nur, dass sie bei ihm bleiben und sie zusammen glücklich sein könnten.

Da ich meinen Bruder über alles liebte und ihm und seiner Familie so dankbar war, versprach ich ihm, nicht mit Lotti zu reden und sein Glück womöglich damit zu zerstören. Und ich tat es auch nicht.

Ich hatte inzwischen Enzos Großvater kennengelernt und war mit ihm in ein kleines Haus in der Nähe von Lyon gezogen. Lotti und Hugo besuchten uns oft. Ich erwartete mein erstes Kind und war dankbar, sie an meiner Seite zu haben. Es war eine schwere Zeit für Lotti, mich so zu sehen und dabei an ihren eigenen Sohn zu denken. Sie schrieb ihm fast täglich, aber *bisher hatte sie nie eine Antwort erhalten. Sicher bekam Hans die Briefe seiner Mutter nicht einmal zu Gesicht, das wussten ihre Schwiegereltern bestimmt zu verhindern.*

In der Nacht, als mein kleines Mädchen geboren wurde, war Lotti bei mir. Sie hielt die Kleine im Arm, wiegte sie beschützend hin und her, bis sie sich beruhigt hatte. Sie weinte vor Glück für mich und vor Schmerzen, Hans nicht bei sich zu haben. Ich werde diese Nacht niemals vergessen. Es war das letzte Mal, dass ich Lotti sah...

*

Camille konnte ihre Tränen nicht zurückhalten. Enzo versuchte, sie zu trösten, während Lara und ihre Eltern einfach nur fassungslos zusahen.

Es war spät geworden. Enzo brachte seine Großmutter hinaus. Sie schien während der letzten Stunden um Jahre gealtert. Ihre sonst so unbeschwerte und fröhliche Art, die für Außenstehende so gar nicht mit ihrem Alter vereinbar war, hatte eine melancholische und nachdenkliche Seite von ihr zum Vorschein gebracht. Zum Abschied bat sie die Familie, sie besuchen zu kommen, sobald Laras Gesundheit es zuließe und sie entlassen werden würde. Es war ihr sehr wichtig, über die Vergangenheit zu reden, und man spürte, dass sie erst jetzt in der Lage war, alles aufzuarbeiten, was sie erlebt hatte. Die Geschichte war noch lange nicht zu Ende…

Als am nächsten Morgen Dr. Lambert in Laras Zimmer kam, saß sie bereits am Fenster und beobachtete den Sonnenaufgang. Es gingen ihr unzählig viele Gedanken durch den Kopf. Es kam ihr vor, als hätte sie am Tag zuvor eine fiktive Geschichte aus einem Roman gelesen oder gehört, alles schien fremd und dennoch vertraut und vereinbar mit der Frau, die ihre Großmutter war. Sie hatte ein völlig anderes Leben gelebt, als sie es ihrer Familie glauben machen wollte…zumindest für eine gewisse Zeit. Es gab so viele Fragen nach dem Warum und so wenige Antworten darauf. So viel Schmerz in Lottis Leben und so viele Enttäuschungen und Lügen. Lara tat das Herz weh, wenn sie daran dachte, welches Leid ihre Großmutter zu ertragen hatte. Immer wieder stach der Schmerz unbarmherzig zu und sie fühlte sich schwach und hilflos. Wie gerne hätte sie noch Zeit mit Lotti gehabt, um ihr Leid erträglicher zu machen, die Wunden zu heilen und ihr zu zeigen, dass sie über alles geliebt wurde.

Lara bemerkte den Arzt erst, als er sie zum wiederholten Male ansprach. Sie ließ die Untersuchungen über sich ergehen und war trotz allem froh, als er fertig war.

„Wenn es weiter so gut vorangeht und Sie noch ein wenig laufen üben, kann ich Sie guten Gewissens am Ende der Woche entlassen", meinte Dr. Lambert lächelnd. Lara nahm es zur Kenntnis und bedankte sich freundlich. Als er das Zimmer gerade verlassen wollte, fragte sie unvermittelt: „Wie geht es Jakob?"

Sie hatte während der letzten Tage versucht zu verdrängen, wie schlecht es um ihren besten Freund stand, hatte geglaubt, es würde ihr helfen, so besser damit zurecht zu kommen. Aber die letzten Stunden hatten ihr gezeigt, dass es besser war, den Tatsachen ins Auge zu blicken und zu hoffen, dass Jakob genug Kraft hatte, um sein Leben zu kämpfen.

Dr. Lambert senkte den Kopf. „Wir wissen es nicht. Es ist vollkommen unklar, wie sich sein Zustand entwickeln wird. Wir können nur abwarten und hoffen."

In den nächsten Tagen war Lara so oft es ging bei Jakob. Sie hielt seine Hand, redete mit ihm, erzählte ihm, was sie noch alles vorhatten und wie sehr sie sich darüber freuen würde, wenn er aufwachte und wieder bei ihr wäre. Enzo war ebenfalls fast jeden Tag bei ihr.

Und auch wenn es nicht möglich oder angebracht war, beide wussten, was sie einander bedeuteten und wie stark ihre Zuneigung zueinander war. Nichts wünschten sie sich sehnlicher, als dass es Jakob besser ginge und sie ein wenig unbeschwerter Zeit miteinander verbringen könnten.

Als Lara am Ende der Woche entlassen wurde, fiel es ihr schwer, sich von Jakob zu trennen. Sie wusste nicht, ob es eine Täuschung war oder ob sie es tatsächlich gespürt hatte.

Aber als sie sich verabschiedete, hatte sie das Gefühl, in Jakobs Gesicht eine Regung wahrgenommen zu haben. Sein Mundwinkel hatte gezuckt oder etwa nicht? Er lag ganz still vor ihr, während sie ihn genau beobachtete. Nichts. Hatte sie sich getäuscht? Lara würde die Hoffnung nicht aufgeben, sie würde ihn so oft wie möglich besuchen, immer bei ihm sein und wenn er aufwachen sollte, wäre sie hier. Sie küsste ihn auf die Stirn und eine ihrer Tränen rollte dabei über seine Wange. Es sah aus, als würde auch er weinen...

20

Das kleine Hotel, in dem ihre Eltern wohnten, war
einfach entzückend. Es erinnerte an ein Gutshaus aus
dem vergangenen Jahrhundert. Alle Räume waren für
die wenigen Gäste frei zugänglich und jeder einzelne
war auf eine besonders liebevolle Art eingerichtet. Lara
hielt sich gerne im Salon auf, der einen wunderbaren
Blick auf den idyllisch angelegten Garten bot. Dort
hing sie ihren Gedanken nach, versuchte zu begreifen,
was geschehen war und wie sie mit allem umgehen
sollte, was sie erlebt und gehört hatte. Es verging kein
Tag, an dem sie nicht mit ihren Eltern ins Krankenhaus
fuhr, um Jakob zu besuchen. Es war tröstlich, bei ihm
zu sein und gleichzeitig schmerzlich, nicht mehr für ihn
tun zu können. Lara ging es zumindest gesundheitlich
von Tag zu Tag besser. Sie lief nur noch an einer
Krücke und die Kraft kehrte langsam in ihren Körper
zurück. Als sie sich am Abend von ihren Eltern
verabschiedet hatte, um auf ihr Zimmer zu gehen, stand
Enzo plötzlich vor ihrer Tür. Er sah so unglaublich gut
aus, seine Ausstrahlung war umwerfend, auch wenn
seine Augen traurig und müde erschienen. Er kam auf
Lara zu, hob sie hoch und hielt sie so fest in seinen
Armen, wie er konnte. Niemals sollte dieser Moment

vorübergehen, diese Magie, für einen Augenblick in einer wunderbar heilen Welt zu sein, in der es nur unsagbares Glück und vollkommene Zufriedenheit gab. Nach dieser intensiven Umarmung, die beide so sehr brauchten, nahm er sie vorsichtig auf seine Arme und trug sie ins Zimmer. Keine Sekunde wendete er den Blick von ihr ab, fixierte ihre wunderschönen Augen, die nach langer Zeit wieder zu leuchten begonnen hatten. Laras Krücke blieb auf dem Boden im Flur liegen, während Enzo die Tür schloss und sie sanft auf dem Bett absetzte. Vorsichtig, aber unablässig begann er ihre Stirn zu küssen, verfing sich in ihren Locken, küsste ihren Hals, ihre Wangen, ihre Nase…bis seine Lippen schließlich die ihren fanden und sie sich beide voller Sehnsucht ihrem Verlangen hingaben. Alle Sorgen, Gedanken, Schmerzen und Ängste waren in diesem Moment nur noch entfernte Punkte am endlos blauen Himmel der Leidenschaft. Jede einzelne Berührung ihrer Körper war so intensiv und gleichzeitig vertraut, so dass es nichts anderes zu geben schien als diesen Augenblick, der ewig währen sollte. Niemals zuvor hatte Lara solch eine Sehnsucht nach einem Mann wie nach diesem in sich gespürt, niemals zuvor so sehr nach ihm verlangt, niemals zuvor so tief und voller Liebe empfunden wie gerade jetzt. Enzo übertraf all ihre Wünsche und Träume, seine Zuneigung gab ihr Kraft und Zuversicht, Selbstbewusstsein und Selbstvertrauen, sich in allem, was sie begehrte und erträumte, einfach fallen zu lassen. Sie war angekommen. Mit Enzo zusammen zu sein fühlte sich an, als wäre sie zu Hause, da wo sie immer sein wollte und wonach sie immer gesucht hatte. Es fiel Lara nicht schwer, ihm zu zeigen, was sie wollte und noch weniger, was sie von ihm wollte. Ein zufriedenes Lachen huschte über sein Gesicht, als Lara begann, die Führung in ihrem Liebesspiel zu übernehmen. Ihr Kopf war frei, frei von Zweifeln, etwas falsch machen zu können. Sie fühlte sich erlöst von all den Entscheidungen, die sie zu treffen gehabt hatte und die nie wirklich ihre eigenen gewesen waren. Sie spürte, jetzt auf ihrem Weg zu sein, der bereits vor wenigen Wochen schon gedroht hatte, vorbei zu sein. Sie hatte nichts zu verlieren, nichts außer sich selbst. Lara ließ ihre Zungenspitze langsam an Enzos Ohr hinab zu seinem Hals tanzen und entlockte ihm damit wohlige Seufzer, als er die Augen schloss und sie bereitwillig gewähren ließ. Sie konnte ihm nicht nah genug sein und rieb ihren zarten Körper an seinem, während ihre Hände jeden Zentimeter seiner Haut streichelten. Enzos Hände strichen ihr dabei über den Rücken und über die kleine Erhebung ihres Pos. Seine Berührungen wurden immer fordernder, sein Griff immer fester. Er war kaum noch in der Lage, seine Lust unter Kontrolle zu halten, wollte Lara, jetzt…doch Lara ließ plötzlich von ihm ab. Verwirrt sah er auf und erkannte den Grund für die Unterbrechung. Sie stand vor ihm…wunderschön, selbstbewusst, nackt und mit einem verklärten Blick, der an ihm hinunterwanderte…Als sie ihn auf den

Gipfel seiner Lust führte und ihn durch ihre zärtlichen und zugleich festen Berührungen zum Erbeben brachte, schrie er ihren Namen…In dieser Nacht liebten sich die beiden noch oft, ihr Augenblick wurde zur Ewigkeit und sie hielten ihn in ihrem eigenen kleinen Universum für immer fest.

*

„Meine Großmutter würde euch gerne zu sich nach Hause einladen", sagte Enzo am nächsten Morgen beim Frühstück auf dem Zimmer. „Dich und deine Eltern und sie würde euch gerne ihr altes Elternhaus zeigen, in dem Lotti mit ihr zusammen gelebt hat." Lara verschluckte sich an einem Stück Croissant und trank schnell einen Schluck Kaffee. Als sie sich erholt hatte, blickte sie ihn fragend an: „Entschuldige, es ist Camille sehr wichtig und sie bat mich, es auszurichten", sagte er schnell. Lara sah ihn liebevoll an. Er konnte seiner Großmutter wirklich nichts abschlagen, genau wie sie ihrer niemals etwas hätte abschlagen können. Er war einfach unglaublich liebenswert. Sie küsste ihn zärtlich auf den Mund. „Natürlich kommen wir sie besuchen.

Ich möchte gerne alles über Lotti erfahren, auch wenn es verwirrend und irreal erscheint. Ich kann mir noch immer nicht vorstellen, dass sie wirklich hier war, für eine so lange Zeit. Sie kommt mir vor wie eine völlig andere Frau." Lara schaute aus dem Fenster und ließ ihre Gedanken schweifen. Wenn es schon für sie so verwirrend war, wie musste es dann für ihre Mutter sein? Bisher hatten sie nicht die Möglichkeit gehabt, sich darüber zu unterhalten. Aber sie hatte bemerkt, wie ruhig und zurückhaltend Viola geworden war. Sie wirkte verschlossen, in sich gekehrt, nachdenklich.

Nach dem Besuch bei Jakob, dessen Zustand unverändert, aber zumindest stabil war, fuhr Lara gemeinsam mit ihren Eltern zu Camille. Sie bewohnte mit ihrer Familie ein altes Gutshaus, welches viel Platz bot. Auch Enzos Eltern und sein Bruder, seine Tante und ihre Familie und auch einige Arbeiter, die sich um das Gut kümmerten, wohnten in dem geräumigen Haus. Camilles Wohnung lag im Erdgeschoss und als das Taxi vorfuhr, kam sie zur Tür gelaufen und winkte Lara und ihren Eltern zu. Enzo kam ebenfalls heraus, um sie zu begrüßen. Viola und Andreas gab er höflich die Hand, aber Lara nahm er sofort in den Arm und küsste sie. Camille lächelte und steckte damit auch Laras Eltern an, die zuerst noch etwas reserviert schienen. Das Eis war gebrochen, die merkwürdige Spannung hatte sich aufgelöst und so gingen alle zusammen in den Garten. Unter einem Pavillon war zum Kaffee eingedeckt.

„Ich weiß, dass Ihnen meine Erlebnisse mit Lotti befremdlich vorkommen müssen und Sie Zweifel daran haben, dass ich Ihnen die Wahrheit erzähle. Dennoch möchte ich, dass Sie alles erfahren, denn ich bin davon überzeugt, dass es in ihrem Sinn gewesen wäre. Auch wenn sie vielleicht Zeit ihres Lebens nicht dazu in der Lage gewesen sein sollte, von ihrer Vergangenheit zu erzählen, bin ich der Meinung, dass Sie ein Recht darauf haben. Es ist nicht zuletzt auch Ihre Geschichte.“

Lara benötigte ein paar Sekunden, bevor sie antwortete. „Lotti hat mir kurz vor ihrem Tod von Jacques erzählt. Wie sie ihn kennengelernt hat, wie sie sich immer wieder trafen und später Briefe schrieben und dass sie ihm zum Abschied die Kette mit dem Anhänger geschenkt hat, der ihr sehr viel bedeutete. Jetzt trage ich ihn und auch wenn es sich sehr geheimnisvoll anhört, möchte ich doch gerne wissen, wie diese Kette wieder in Lottis Besitz gelangte. Sie sagten, Hugo hätte sie zu Jacques´ Gedenken getragen. Was ist passiert?“

Camille schaute Viola fragend an, so, als wollte sie sich versichern, dass auch sie willens und in der Lage war, ihr weiter zuzuhören. Viola sah auf und bevor sie den Kopf wieder senkte und Andreas' Hand nahm, nickte sie…

*

Es vergingen viele Monate, in denen ich nichts mehr von Hugo und Lotti hörte. Ich hatte damals eine schwierige Zeit nach der Geburt. Meiner Tochter ging es gut, aber ich hatte gesundheitliche Probleme und war ans Bett gefesselt. Ich wunderte mich, dass ich weder von unseren Eltern noch von Hugo und Lotti hörte, konnte sie jedoch selbst nicht besuchen. Mein Mann, Gott hab ihn selig, hat mich behütet wie seinen Augapfel und mich immer wieder beruhigt, wenn ich nach meiner Familie fragte. Er hat alles von mir ferngehalten, was mich hätte aufregen können. Damals wusste ich noch nicht, was wirklich geschehen war. Ich habe es erst viele Jahre später erfahren. Dann erst habe ich auch verstanden, warum mein Mann so reagiert hatte.

Als unsere Tochter bereits ein halbes Jahr alt war, ging es mir endlich besser. Ich konnte wieder arbeiten, hatte Kraft und Energie zurück und wollte natürlich endlich meine Eltern besuchen. Mein Mann nahm mich zur Seite und bat mich, mich zu setzen. Ich bekam Angst, er machte mir Angst. Sein Blick war so unheimlich düster und traurig. Mein Herz schlug mir bis zum Hals. Die Stimme meines Mannes wurde mit einem Mal so bedrohlich ruhig, dass ich sofort wusste, dass etwas Schlimmes passiert sein musste. Ich stand auf, rannte aufgewühlt im Zimmer umher und konnte mich nicht beruhigen. Ich schrie ihn an, mir endlich zu erzählen, was er mir die ganze Zeit vorenthalten hatte, obwohl ich mir gar nicht sicher war, ob ich es erfahren wollte. Ich dachte an Hugo, meine Eltern, Lotti...alles drehte sich im Kreis, meine Gedanken spielten verrückt. Irgendwann fing er mich ein und bat mich, jetzt ganz stark zu sein...

*

In unserem Heimatort fand jedes Jahr nach dem Einfahren der Ernte ein Fest statt. Ich erinnere mich noch genau an das Jahr, in dem Hugo und Jacques einen Unfall mit dem Traktor hatten und die gesamte

Ladung im Graben gelandet war. Es war ein Ereignis, welches die jungen Leute im Dorf nie vergessen hatten. Durch dieses Missgeschick verzögerten sich die Feierlichkeiten in diesem Jahr und die Jungs wurden auch viele Jahre danach noch von ihren Freunden damit aufgezogen, auch wenn sie die beiden nie an die Erwachsenen verraten hatten. Das Fest in jenem Jahr wurde ebenfalls wieder sehr besonders. Allerdings aus einem ganz anderen Grund.

Es war spät am Abend. Lotti und Hugo tanzten, andere tranken, wieder andere spielten Musik, bis einem kleinen Jungen ein Mann auffiel, der sich anders verhielt wie die meisten Gäste. Er machte seinen Vater auf den Mann aufmerksam, meinte, er hätte Angst vor ihm, weil er so komisch schaute und den Jungen weggescheucht hatte. Der Vater des Jungen beobachtete den Mann eine Weile. Er saß in der Ecke auf einer Bank, die Mütze tief ins Gesicht gezogen, verwahrlost, mager, dreckig und trinkend. Er trank ein Glas nach dem anderen und ging mit der jungen Frau, die ihm den Alkohol brachte, nicht zimperlich um. Er schrie sie an, drohte ihr mit der Faust, wenn sie nicht schnell genug war. Langsam wurden auch andere Gäste auf diesen Mann aufmerksam. Der Vater des Jungen ging auf ihn zu, um ihn zu bitten, das Fest zu verlassen, wenn er sich nicht beruhigen würde. Niemand konnte bei einem fröhlichen Beisammensein nach der Arbeit einen solchen Trunkenbold gebrauchen. Er bat den

Mann höflich, sich etwas ruhiger zu verhalten. Doch der Mann antwortete nicht. Sein Blick war starr auf die Tanzfläche gerichtet, auf der viele junge Paare ausgelassen feierten. Plötzlich knallte er sein Glas so hart auf den Tisch, dass es zerbrach. Sein Atem beschleunigte sich und der Vater des Jungen wich zurück. Langsam stand der Mann auf, schob seine Mütze zurück und sagte mit bebender Stimme: „Geh zur Seite!" Die junge Frau, die soeben mit einer neuen Flasche an den Tisch zurückgekommen war, schrie vor Entsetzen auf. Das Gesicht des Mannes glich dem eines Monsters. Eine Narbe, die von der Stirn über das Auge bis zum Hals verlief, entstellte ihn. Das noch gesunde Auge war blutunterlaufen. Wut schäumte aus jeder Faser dieses Mannes. Mit einer einzigen schnellen Handbewegung stieß er den Vater beiseite. Das Bein nachziehend, ging er langsam auf die Tanzfläche zu und bot damit allen Anwesenden den Anblick auf seine Gestalt. Er trug eine zu weite, zerrissene und blutverschmierte Hose, das Hemd stand vor Dreck und zeigte zwei stark, tätowierte Arme, die ebenfalls von Schnitten und Wunden übersät waren.

Nicht alle Tanzpaare hatten den Mann bemerkt, erst als er inmitten der Tanzfläche stand und den kalten Blick eines Mörders auf ein Paar richtete. Auf Lotti und Hugo!

Er sagte nichts. Nicht ein Wort kam über seine Lippen. Doch seine Körperhaltung sagte mehr als tausend

Worte. Hugo erstarrte. Sofort nahm er Lotti zur Seite und stellte sich schützend vor sie. Er hielt dem Blick des Mannes stand, sein Gesicht versteinert. Er wusste, wen er vor sich hatte und seine schlimmsten Alpträume wurden zur bitteren Wahrheit. Der Mann humpelte auf Hugo zu, bis er direkt vor ihm stand. Sie waren etwa gleich groß und ihre Nasenspitzen berührten sich fast, als der Mann mit einer schnellen Bewegung, mit er Hugo nicht gerechnet hatte, zugriff. Er hielt Hugo am Hals fest, drückte zu, bis Hugos Gesicht rot anlief. Er wehrte sich nicht. Die umstehenden Leute hielten vor Schreck den Atem an. Doch so schnell, wie der Mann zugepackt hatte, ließ er Hugo auch wieder los.

„Das gehört wohl mir!", sagte der Mann drohend und hielt die Kette mit dem Amulett in der Hand. Noch immer sagte Hugo nichts. Lotti trat hinter Hugo hervor und drängte sich zwischen die beiden Männer. Sie ließen sie gewähren. Lange sah sie den Mann an, dessen Gesichtsausdruck unverändert blieb.

„Jacques?"

„Ja, ich bin es", antwortete er mit zitternder Stimme.

Lotti begann zu weinen, als ihr schmerzlich bewusst wurde, wer vor ihr stand. Auch Jacques rannen die Tränen über die Wangen und er sank auf dem Boden zusammen. Lotti kniete sich zu ihm und nahm ihn in den Arm. Sie wusste nicht, was wirklich passiert war, nur dass es ihm sehr schlecht gehen musste Sie hätte niemals daran geglaubt, ihn jemals wiederzusehen. Vom ersten Augenblick an hatte sie gewusst, dass Hugo nicht der war, für den er sich ausgegeben hatte, dennoch hatte sie sich in ihn verliebt, so wie vor vielen Jahren in Jacques. Sie war der Meinung gewesen, dass er umgekommen war, im Krieg, so wie es ihr von Hugo erzählt worden war. Doch erst jetzt wurde ihr bewusst, dass Hugo vollkommen in Jacques' Rolle geschlüpft war. Doch wirklich begreifen konnte sie es nicht. Ihre Illusion war zerstört, das Bild, welches sie sich für ihren Verstand erbaut hatte, fiel in sich zusammen.

Lange saßen die beiden am Boden, schwiegen und sahen sich immer wieder an. Lotti sah in Jacques nicht das Monster, die entstellte Kreatur. Sie sah ihren Jacques. Den Jungen, in den sie sich verliebt und mit dem sie die beste Zeit ihres Lebens verbracht hatte. Den Jungen, der ihr ein Bild zum Abschied gezeichnet hatte, den Jungen, der Tränen in den Augen hatte, als er endgültig gehen musste, den Jungen, dem sie ihren wertvollsten Besitz anvertraut hatte ... die Kette mit dem Amulett.

Weder Lotti noch Jacques bemerkten, wie Hugo auf diese Situation reagierte. Er hatte sich zurückgezogen, trank mehrere Becher Wein innerhalb von wenigen Minuten aus. Er wurde immer ungehaltener und konnte dennoch kaum die Augen von dem Paar auf der Tanzfläche abwenden. Sein Herz schlug wild und er hatte sich nicht mehr unter Kontrolle. Die Angst, Lotti zu verlieren, schnürte ihm die Kehle zu. Die Angst, dass sie nach Hause zurückkehren würde, hatte ihm schon jeden einzelnen Tag die Sinne geraubt, aber mit dieser bizarren Situation kam Hugo nicht klar.

Lotti und Jacques redeten bis spät in die Nacht, immer wieder brachen beide in Tränen aus. Hugo beobachtete sie und als sie das Fest verließen, um ein Stück zu gehen, folgte er ihnen.

Sie waren an einen Weiher gelaufen und hatten sich im Schein des Mondes auf eine Bank gesetzt. Lotti hielt Jacques' Hand und hörte ihm zu. Es schien Hugo so unwirklich, vollkommen irreal, seine Lotti dort sitzen zu sehen. Er sollte an ihrer Seite sein, nicht Jacques. Er war gegangen, vor langer Zeit. Er galt als tot, gefallen im Krieg, und er war mit einer Trauerfeier zu Grabe getragen worden, auch wenn seine Leiche nicht gefunden worden war. Hugo hatte so lange gebraucht, über den Verlust seines besten Freundes hinwegzukommen. Doch jetzt, da er von den Toten auferstanden war, fühlte er nur noch Wut in sich. Aus der einstigen Bruderliebe war Hass geworden und Hugo konnte und wollte Lotti nicht einfach an ihn verlieren. Als Jacques seinen Arm beschützend um sie legte und die beiden schweigend auf das im Mondschein glänzende Wasser schauten, sah Hugo die Chance für seinen unglaublichen Plan...

Auf dem Weg zum Weiher hatte er voller Zorn die Eisenstange einer Umzäunung herausgerissen, ohne zu wissen, was er damit machen wollte. Jetzt kam sie ihm mehr als recht. Langsam schlich er auf die beiden zu, bedacht darauf, nicht gehört zu werden. Doch im letzten Moment trat er auf einen Ast. Die beiden drehten sich erschrocken um. Hugo hielt einen Augenblick inne. Für diesen kurzen Moment wurde ihm klar, was er tat. Doch sein Entschluss stand fest, er konnte nicht anders, es gab kein Zurück. Die Eisenstange fest in den Händen, schaute er Lotti, um Entschuldigung bittend, an. Dann wandte er sich wutentbrannt an Jacques.

„Sie ist jetzt meine Frau!"

Jacques stand auf und starrte Hugo hasserfüllt an.

„Bist du dir da sicher?" fragte er und grinste boshaft. Und noch bevor er seine Worte richtig ausgesprochen hatte, schlug Hugo zu. Immer wieder...

Lotti schrie aus Leibeskräften, doch Hugo ließ sich in seinem Wahn nicht abhalten. Erst als Jacques sich nicht mehr bewegte, hörte er auf. Plötzlich wurde alles still. Es schien, als hätte die Welt für kurze Zeit den Atem angehalten. Keine Grille sang, kein einziges Blatt bewegte sich, das Wasser schwieg still.

Hugo begann nach Luft zu schnappen und sank auf den Boden. Er war aus seinen Zustand der blinden Wut und des ungezügelten Hasses erwacht. Vor ihm lag sein einstiger Freund. Tot. Erschlagen durch seine eigenen Hände. Und Lotti stand fassungslos daneben...

„Ich habe immer gewusst, dass du nicht Jacques bist, aber ich hatte mich in dich verliebt. Ich hätte mir ein Leben mit dir vorstellen können. Auch wenn ich dafür meinen Sohn nie wiedergesehen hätte."

Mit diesen Worten ließ sie Hugo allein.

Stundenlang saß Hugo auf dem Boden und starrte die Leiche an. Langsam wurde es hell und er musste handeln. Er rannte zurück zum Zaun, riss einige Stromkabel heraus und suchte ein paar große Steine. Er schleifte Jacques auf das alte Boot, band ihm die Steine an den Körper und fuhr ein Stück mit ihm hinaus auf den Weiher. Ohne zu zögern, warf er die Leiche über Bord, die Eisenstange ebenfalls. Er sah dabei zu, wie alles im Wasser versank.

Jacques galt seit vielen Jahren als tot. Auf dem Fest hatte ihn sicher niemand erkannt. Es würde ihn niemand suchen. Wenn er Lotti überzeugen könnte, alles zu vergessen, ihm zu verzeihen, was er aus Liebe zu ihr getan hatte, würde vielleicht doch noch alles gut gehen.

Als Hugo nach Hause zurückkam, war sie nicht mehr da...

21

Niemand der Anwesenden war in der Lage, etwas zu sagen. Zu tief saß der Schock über das, was sie gerade gehört hatten. Camille schien abwesend, sie trank ihren Kaffee und ließ ihren Blick nachdenklich über den Garten schweifen. Enzo hatte Laras Hand die ganze Zeit über nicht losgelassen. Sie zitterte, war aufgewühlt und begriff nicht, dass die Frau in dieser Geschichte tatsächlich ihre Großmutter gewesen sein sollte.

Viola war aufgestanden und lief umher. Immer wieder schüttelte sie den Kopf, blieb stehen, starrte in den Himmel, als würde sie fragen wollen, wie es zu dieser Tragödie hatte kommen können. Wenn das alles der Wahrheit entsprach und dessen war sie sich noch immer nicht sicher, begann sie langsam, Lotti zu verstehen. Was diese durchgemacht haben musste, war so unglaublich schmerzvoll gewesen, dass sich Viola kaum vorstellen konnte, wie ein Mensch das ein Leben lang mit sich herumtragen konnte.

Plötzlich blieb sie stehen. „Ich würde gerne sehen, wo Lotti gelebt hat." Camille nickte. „Kommen Sie."

In weniger als einer Stunde waren sie in dem kleinen Dorf unweit der Hafenstadt Toulon angekommen. Es erinnerte nicht mehr viel an die frühere Zeit, in der hier Landwirtschaft betrieben wurde und der Krieg einiges zerstört hatte. Der Ort war zu einem zauberhaften Fleckchen Erde avanciert, der vom Tourismus geprägt war.

An der Hauptdurchgangsstraße gab es ein kleines Café, Menschen standen auf der Straße und unterhielten sich und boten in Verkaufsständen ihre Ware an. Es war idyllisch…doch Lara und ihre Familie hatten in diesem Augenblick keinen Sinn dafür. Wenig später bogen sie in einen Seitenweg ein, der in den Wald führte.

„Hier vorn stand das Elternhaus von Jacques", erklärte Camille, als sie an einem zusammengefallenen Gebäude vorbeikamen. „Es ist nicht viel übriggeblieben. Nachdem sein Vater weggegangen war, hat sich niemand mehr um den Hof gekümmert und er verfiel." Lara versuchte sich vorzustellen, wie es hier damals ausgesehen haben musste. Ihre Gedanken gingen zurück in eine Zeit, in der noch alles in Ordnung und gut gewesen war, in der Jacques ein unbekümmerter Junge war, der mit seinen Eltern hier lebte, mit seinen Freunden zusammen war und sehnsüchtig auf Nachricht von Lotti gewartet hatte. Ein junger Mann, der immer an die Liebe und an das Glück geglaubt hatte…bis es zerstört wurde und dadurch auch er selbst.

Nur wenig später tat sich vor ihnen eine Lichtung auf. Etwas weiter hinten konnte man ein Haus sehen. Zu Laras Erstaunen schien es bewohnt. Sie hätte eher erwartet, dass es ebenfalls verlassen war. Sie musste zugeben, dass sie es sich ähnlich vorgestellt hatte, als Camille davon erzählt hatte. Ein großer Hof umgab das Haus, auf dem sicher früher die Tiere untergebracht waren. Ein großer Brunnen stand inmitten des Platzes, aus dem vielleicht auch Lotti Wasser geschöpft hatte.

„Hier haben wir gelebt. So viele schöne Jahre, bis das Unglück über uns hereinbrach." Camilles Stimme wurde brüchig. „Nachdem Hugo hierher zurückgekommen war und Lotti nicht mehr vorfand, brach er zusammen. Unsere Eltern versuchten, ihn zu beruhigen, aber es war unmöglich. Ich kümmere mich um das Haus, ich bringe es nicht übers Herz, es zu verkaufen. Es ist noch alles so wie damals, bis auf kleinere Renovierungsarbeiten habe ich nichts verändern lassen."

Camille war ausgestiegen und schloss die Tür auf. Es wohnte also doch niemand hier.

„Darf ich fragen, was aus Ihrem Bruder geworden ist?", fragte Viola vorsichtig nach, als sie das Haus betraten. Camille schwieg zunächst und bat die anderen hinein. Ein großer Wohnraum, der direkt an eine Küche angrenzte, versetzte sie augenblicklich zurück in eine andere Zeit. Sie hatte nicht übertrieben, als sie sagte, alles so wie damals belassen zu haben. Sogar der Tisch war gedeckt und man könnte annehmen, dass jeden Moment die Hausfrau mit einem frisch gebackenen Kuchen hereinkam. Es sah einladend und nostalgisch aus. Ein Stil, der Lara sehr gefiel. Es war jedoch nicht irgendein altes Haus, sondern der Lebensmittelpunkt ihrer Großmutter für einige Jahre gewesen. Sie versuchte, Lotti in diesen Räumen zu spüren, sich vorzustellen, wie sie hier gelebt hatte.

Camille ließ sich in einem alten Ohrensessel nieder.

„Meine Eltern kamen nicht mehr an Hugo heran. Dass Lotti gegangen war, hatte ihm das Herz gebrochen und aufgezeigt, was er getan hatte. Dass sie ihm nie verzeihen würde, ein Menschenleben auf dem Gewissen zu haben, brach ihn. Er musste sich einige Tage in sein Zimmer zurückgezogen, weder mit unseren Eltern gesprochen noch gearbeitet oder gegessen haben. Meine Mutter hatte alles versucht, an ihn heranzukommen. Nach ein paar Tagen kam er aus dem Zimmer, ausgezehrt und schwer gezeichnet von der Last, die er auf seinen Schultern trug. Er bat die Eltern

in den Garten. Er begann ihnen zu erzählen, was geschehen war. Alles. Die Lügengeschichte um Lotti, dass er sich als Jacques ausgegeben hatte und wie glücklich er gewesen war, dass dieser bizarre Plan aufgegangen war. Er redete darüber, wie sehr er sich in sie verliebt hatte und sein Leben mit ihr verbringen wollte, obwohl er sich nie sicher sein konnte, dass sie nicht wieder zurück nach Deutschland zu ihrem Sohn gehen würde. Und dann erzählte er von dem Fest. Wie schön es begonnen hatte, wie er mit Lotti getanzt hatte, bis dieser Mann aufgetaucht war. Jacques. So unglaublich es auch für unsere Eltern klang, so überzeugend war Hugo. Es blieb ihnen nichts anderes übrig, als ihm zu glauben. Als wäre es die Geschichte eines Fremden, erklärte er ihnen, dass er Lotti und Jacques gefolgt sei, sie beobachtet habe und Jacques im Wahn und überschäumender Eifersucht erschlagen habe…dass Lotti alles mit habe ansehen müssen…

Als er damit geendet hatte, ließ er unseren Eltern keine Zeit, das Gehörte zu verarbeiten.

Er zog eine Pistole aus seiner Hose und schoss…er war sofort tot."

Nein! Viola war schockiert. Konnte es eigentlich noch schlimmer kommen? Sie fühlte sich gefangen in einem

Alptraum, aus dem sie nicht erwachen konnte. Die Reise nach Frankreich hatte nichts mehr mit dem gemein, was ihr Leben noch vor wenigen Wochen ausgemacht hatte. Der Unfall ihrer Tochter, der ihr aufgezeigt hatte, wie schnell sich das Leben ändern kann, war Schmerz genug gewesen, um zu erkennen, was ihr tatsächlich wichtig war. Aber mit dem Leben ihrer Mutter auf eine solche Weise konfrontiert zu werden, überstieg ihre Kräfte. Sie wäre am liebsten davongelaufen und hätte gerne alles so schnell wie möglich vergessen, was sie erfahren hatte, doch es sollte noch nicht das Ende gewesen sein…

Das Klingeln von Laras Handy riss alle Anwesenden aus ihren Gedanken. Dr. Lampert meldete sich: „Es ist sehr wichtig, dass Sie umgehend ins Krankenhaus kommen. Jakob ist kurz erwacht und hat nach Ihnen gefragt, Lara."

Sie benötigte eine Weile, um zu verstehen. „Er ist aufgewacht und ansprechbar?", fragte sie noch einmal nach. „Nein, es war nur eine sehr kurze Phase. Wir befürchten, dass er am Scheideweg zwischen Leben und Tod steht und er Sie braucht."

Lara legte auf. Sie umfasste fest ihre Kette, das Amulett ihrer Großmutter, in der Hoffnung, es würde ihr Kraft geben. Sie war wie gelähmt. So viel konnte sie nicht ertragen. Und sie wollte und konnte auch ihre Mutter in dieser Situation nicht allein lassen.

„Jakob?", fragte Enzo nur. Und Lara nickte. Sie brach in Tränen aus. „Noch lebt er, aber es sieht nicht gut aus", schluchzte sie. „Ich muss zu ihm."

Viola nahm ihre Tochter in den Arm. „Geh zu ihm. Ich komme mit deinem Vater so schnell wie möglich nach. Versprochen."

*

Kurze Zeit später waren Lara und Enzo in der Klinik. Dr. Lambert nahm sie in Empfang und begleitete sie zu Jakobs Zimmer. „Es tut mir sehr leid, aber Sie sollten bei ihm sein. Schaffen Sie das?" Dr. Lambert sah Lara voller Mitgefühl an. Ob sie das schaffen würde? Wie sollte sie das wissen? Was sie in den letzten Wochen miterleben musste, reichte für ein ganzes Leben. Sie selbst war überrascht, wie viel sie ertragen hatte und es weiter tun musste. Niemals würde sie Jakob hier allein lassen, aber ihre Euphorie und ihre Hoffnung auf ein glückliches Ende schwanden von Minute zu Minute.

Lara erschrak, als sie Jakob wiedersah. Er hatte sich verändert. Er hatte nicht mehr viel mit dem jungen, dynamischen und gutaussehenden Mann zu tun, den sie seit ihrer frühesten Kindheit kannte. Er war abgemagert, fahl, seine Haare grau. Er sah aus wie ein alter Mann, der sein Leben gelebt hatte und nun gehen musste. Lara nahm all ihre Kraft zusammen und setzte sich zu ihm. Sie nahm seine Hand, die leblos in ihrer lag. Lange strich sie behutsam darüber, bis sie begann, mit ihm zu reden. Sie erzählte ihm von ihrer ersten Begegnung, an die sie sich erinnern konnte und die sie zu Freunden fürs Leben gemacht hatte. Sie hatten sich auf dem Spielplatz das erste Mal gesehen. Sie waren ungefähr vier Jahre alt, als sie zusammen im Sandkasten gesessen hatten. Ihre Mütter hatten sich angeregt unterhalten und nicht mitbekommen, dass ein erbitterter Streit zwischen ihnen beiden entstanden war. Lara hatte Jakob die Schaufel abgenommen, um ihrer Mutter einen Sandkuchen zu backen. Der war damit ganz und gar nicht einverstanden gewesen und hatte ihr sein Eimerchen auf den Kopf gehauen. Lara hatte aber nicht geweint, sondern ihn nur verdutzt angeschaut. Jakob nahm ihr die Schaufel ab und baute eine Burg. Als sie später mit ihrem Sandkuchen fertig war, hatte sie ihn nicht ihrer Mutter gegeben, sondern Jakob. Das war der Beginn dieser wunderbaren Freundschaft gewesen. Lara lächelte, als sie daran zurückdachte. Später, als sie gemeinsam in die Schule gekommen waren, waren sie ebenfalls unzertrennlich. Sie halfen sich gegenseitig und verbrachten fast jeden Nachmittag zusammen. Als Kinder wurden sie oft gehänselt, weil sie aussahen wie ein Liebespaar. Sie waren zusammen bei Lotti gewesen, hatten mit ihr gekocht und gebacken und als Lara ihren ersten Liebeskummer hatte, tröstete Jakob sie. Viel später erst hatte Jakob ihr anvertraut, dass er nicht auf Mädchen steht, sondern Jungs viel lieber mag. Es war ungewöhnlich für sie beide, mit dieser Situation umzugehen. Sie beschlossen damals, sich aus Lottis Keller eine Flasche Apfelwein zu stibitzen und damit an den See zu gehen, um über alles zu reden. Sie waren 15 Jahre alt. Am Abend wurden sie von Laras Vater Andreas betrunken aufgesammelt. Und sie mussten am nächsten Tag in die Schule gehen. Beide. So schlecht es ihnen auch ging. Aber sie hatten über alles geredet und Lara hatte versprochen, Jakob immer zu unterstützen.

Lara hielt plötzlich inne. Sie schaute auf Jakobs und ihre Hand. Sie begriff nicht gleich, was sie sah und spürte. Jakob hielt ihre Hand! Sie ließ ganz locker, um sicher zu gehen. Ja! Er hielt sie fest! Adrenalin durchströmte ihren Körper. Sie beobachtete ihn ganz genau. Seine Augen. Sie bewegten sich! Die Augenlider flatterten! Lara hielt den Atem an. Es war ganz still. Nur das leise Piepsen des Überwachungsgerätes war zu hören. Plötzlich beschleunigte sich Jakobs Puls und das Gerät schlug an. Sofort kam eine Schwester ins Zimmer. Lara schaute nervös zu Enzo, der vor der Glastür stand. Die Schwester unternahm jedoch nichts, sie beobachtete nur das Gerät und informierte Dr. Lambert. Auch er war innerhalb weniger Minuten im Zimmer. Als er die Daten der Überwachung überprüft hatte, ging er hinüber zu Lara. Er legte die Hand auf ihre Schulter und sie sah ihn fragend an.

„Er hat es geschafft."

Voller Angst starrte Lara den Arzt an.

„Sie haben es geschafft. Jakob wacht auf."

Lara schaute verwirrt zwischen dem Arzt und Jakob hin und her. Noch immer hielt sie seine Hand. Nein. Er hielt ihre! Es war unglaublich! Sie sah zu, wie Jakob langsam die Augen öffnete. Das Überwachungsgerät hatte aufgehört zu piepsen. Die Werte kehrten in den Normbereich zurück. Jakob war zurück im Leben!

Lara hatte bemerkt, dass sie noch immer nicht richtig atmete und holte tief Luft. Alle Anspannung fiel von ihr ab, der schmerzhafte Druck auf ihrem Herzen ließ nach. Sie fühlte sich mit einem Mal viel leichter.

Lara sprang auf und sah Jakob direkt an. Da war er, ihr Jakob, so wie sie ihn kannte und liebte. In seinen Augen, die mehr als je zuvor seine Seele widerspiegelten, erkannte sie ihn. Und er lächelte…

22

Nachdem Lara und Enzo gegangen waren, bat Viola darum, ein wenig Zeit für sich zu haben. Sie ging hinaus auf den Hof, lief ein Stück zu den angrenzenden Feldern und setzte sich dort auf eine Bank. Hier musste ihre Mutter damals gestanden haben, als sie Hugo und Camille das erste Mal traf. Allein, weggelaufen vor einem Mann, der sie schlug, weg von ihren Schwiegereltern, die sie erniedrigten und nie akzeptieren würden und ohne ihren Sohn, den sie trotz aller widrigen Umstände über alles liebte und vermisste. Lotti hatte den Mut gehabt, ihren Träumen zu folgen, das Land zu verlassen und den Mann wiederzusehen, den sie als Kind lieben gelernt hatte. Sie selbst konnte sich nicht vorstellen, so zu handeln, doch sie war glücklicherweise auch nie in der Situation gewesen, in der sich Lotti zum damaligen Zeitpunkt befunden hatte. Dennoch spürte sie einen gewissen Stolz. Stolz auf ihre Mutter, die es gewagt hatte, allem zu entfliehen, was sie ruinierte. Es musste sie eine unbeschreibliche Kraft gekostet haben, diesen Schritt zu gehen und sie hatte es geschafft. Bis ihr Glück erneut zerstört wurde...

„Ich würde Ihnen gerne noch Lottis Zimmer zeigen, wenn Sie möchten."

Camilles Stimme riss Viola aus ihren Gedanken. Andreas setzte sich neben sie.

„Geht es wieder?", fragte er, obwohl er sich dessen bewusst war, wie profan diese Frage war.

Viola lächelte knapp. „Ja, ich denke schon", antwortete sie ruhig und sah ihren Mann an. Sie mussten nicht miteinander reden, sie verstanden sich ohne Worte. Viola wusste, er würde ihr beistehen und ihr helfen, irgendwann alles zu verstehen.

Als sie Lottis Zimmer betraten, hatte Viola das Gefühl, den vertrauten Veilchenduft noch immer riechen zu können. An der Wand stand ein Bett, welches mit einem Überwurf bedeckt war. Ein Hocker, ein Tisch und ein Kleiderschrank füllten das Zimmer aus, das nur durch ein kleines Dachfenster erhellt wurde. Es war gemütlich, wenn auch sehr klein. Viola setzte sich auf den Hocker und ließ ihren Blick schweifen. Hier hatte ihre Mutter also gelebt.

„Als Lotti damals zurück nach Deutschland ging, hat sie all ihre Sachen hiergelassen, nur ihre Kleider hat sie mitgenommen."

Camille reichte Viola eine Kiste. Sie war geschlossen. Unschlüssig starrte sie die Kiste an. Schließlich öffnete sie sie. Obenauf lag ein Foto. Es zeigte ihre Mutter als Kind mit einem Jungen. Vermutlich war es Jacques und das Foto gemacht, bevor er nach Frankreich zurückging. Er war ein wirklich hübscher Junge. Die beiden sahen so glücklich auf dem Foto aus. Es gab noch mehrere davon. Eines zeigte Violas Bruder Hans im Alter von ungefähr fünf Jahren. Er war seinem Vater wie aus dem Gesicht geschnitten und sie musste lächeln, als ihr das wieder auffiel. Sie vermisste ihn und auch ihren Vater. Auch wenn der nicht der Vater gewesen war, den sich ein Kind wünscht.

Einige getrocknete Rosen und Kleeblätter kamen zum Vorschein. Dann fand Viola ein zusammengefaltetes Blatt Papier. Es war eine Zeichnung. Es waren ein Mädchen und ein Junge zu sehen, die zusammen am See saßen…das musste das Bild sein, welches Jacques für Lotti gemalt hatte. Die Aufschrift auf der Rückseite bestätigte ihre Vermutung. Viola war gerührt und überwältigt. Ihre Mutter hatte es all die Jahre über aufgehoben.

„Wusste Hugo von diesem Bild?", fragte Viola.

„Nein, ich denke nicht. Sie hat es weder ihm noch mir jemals gezeigt. Ich vermute, dass sie vom ersten Augenblick an wusste, dass Hugo nicht Jacques war und hat ihn deshalb auch nicht damit konfrontiert. Wir haben damals eine große Lüge erschaffen…und Lotti wohl ihre eigene."

Als Viola ein weiteres Bild in die Hand nahm, zeigte sie es Camille.

„Ist das Hugo?"

Sie nickte. Er war ein stattlicher Mann. Seine Augen kamen Viola ungewöhnlich bekannt vor.

„Viola, ich habe hier noch etwas für Sie. Dieses kleine Kästchen stand ebenfalls in Lottis Schrank und war wahrscheinlich für Hugo bestimmt. Ich weiß nicht, ob er es je bekommen oder gesehen hat, aber Sie sollten es haben."

Viola schien etwas irritiert. Camilles Stimme war ruhig, aber bestimmt geworden. Ihre Hände zitterten, als sie ihr das Kästchen gab. Sie hatte sich neben Viola auf das Bett gesetzt.

Die wurde nervös. Was war so wichtig an diesem Kästchen? Warum wollte Camille unbedingt, dass sie es bekam?

Vorsichtig hob Viola den Deckel, und ihr Herzschlag setzte für einen Moment aus. Sofort schloss sie das Kästchen wieder und sprang auf.

„Nein, nein!", murmelte sie immer wieder und lief aufgeregt in der Kammer umher.

Andreas versuchte, seine Frau zu beruhigen, doch es war unmöglich.

„Wann ist Lotti wieder zurück nach Deutschland gegangen?", fragte Viola erregt.

Camille senkte den Kopf.

„Im Herbst 1953."

Jetzt brach Viola weinend zusammen.

Andreas erschrak und sah Camille fragend an. Sie reichte ihm wortlos das Kästchen. Als er hineinschaute, verstand er sofort…

Im Kästchen befanden sich ein paar gehäkelte Kinderschuhe. Lotti war schwanger gewesen, als sie nach Deutschland zurückkehrte.

Viola wurde im Frühjahr 1954 geboren…

Lara erreichte ihren Vater auf dem Handy.

„Jakob ist aufgewacht und er hat mich angelächelt. Dr. Lambert ist sich sicher, dass er wieder auf die Beine kommt, auch wenn es Zeit braucht." Lara sprudelte einfach darauf los, doch als ihr Vater nur knapp antwortete, wusste sie, dass etwas nicht in Ordnung war.

„Was ist passiert?", fragte Lara gefasst.

„Wir treffen uns im Hotel", antwortete Andreas.

Als sie dort ankam, fand sie ihre Mutter in der Lobby. Sie trank Wein und starrte vor sich hin. Auch als sich Lara zu ihr setzte, reagierte Viola nicht. Wenig später kam Andreas dazu und nahm seine Tochter zur Seite. Er erzählte ihr, was sie in Camilles Elternhaus erfahren hatten. Sie konnte es nicht glauben. Es war einfach unfassbar! Violas Leben war komplett auf den Kopf gestellt und der Gedanke, dass sie die Tochter eines anderen Mannes, eines Mörders, war, konnte Lara einfach nicht begreifen.

Ihr Großvater war Hugo! Nicht Wilhelm. Wie hatte Lotti das ihr ganzes Leben lang verheimlichen können? Hatte Wilhelm davon gewusst? Und Hugo? Hätte er sich dann vielleicht nicht umgebracht? Was hatte sie nur alles ertragen müssen?! Fassungslos und vollkommen desorientiert saß Lara da.

Wie sollte Viola das jemals verarbeiten? Lara begann, sich Vorwürfe zu machen. Hätte sie Lottis Brief nicht gefunden und wäre sie nicht so davon besessen gewesen, etwas über den Absender herauszufinden, wäre das vielleicht alles nicht passiert.

„Lara, sie braucht jetzt Zeit. Wir alle. Wir werden morgen nach Hause fahren und ich möchte, dass du mitkommst", sagte Andreas ruhig.

Mit nach Hause fahren? Sie konnte Jakob jetzt nicht allein lassen. Aber sie wollte auch für ihre Mutter da sein. Lara war hin- und hergerissen.

„Mama, kann ich irgendetwas tun?" Lara wusste nicht, was sie sonst hätte sagen sollen. Viola schaute sie an. Ihr Blick war nicht zu deuten. Sie war in sich gekehrt, verschlossen. Sie verhielt sich ähnlich wie nach ihrem Telefonat kurz nach dem Tod ihrer Mutter, als Lara ihr sagte, worum Lotti sie gebeten hatte…dass sie ihre Tochter liebte. Die Situation musste unerträglich für sie sein und Lara hatte sich nie in ihrem Leben so machtlos und ohnmächtig gefühlt wie in diesem Moment. Lange sagte Viola nichts. Dann nahm sie die Hand ihrer Tochter und lächelte. „Ich brauche etwas Ruhe. Mein ganzes bisheriges Leben versinkt im Moment in einem einzigen Chaos. Ich muss versuchen, damit klarzukommen, auch wenn ich nicht weiß, wie ich das bewältigen soll. Wir werden morgen nach Hause fahren. Bleib du bei Jakob. Er braucht dich. Ich freue mich so, dass es ihm etwas besser geht." Viola küsste ihre Tochter auf die Stirn. Sie schien mit der ganzen Situation überfordert. Lara nickte unter Tränen. Sie machte sich große Sorgen und spürte den Schmerz ihrer Mutter, ihren eigenen und ihre Schuldgefühle, dafür verantwortlich zu sein, was geschehen war.

23

Lara blieb bei Enzo. Er hatte auf dem Gut seiner Großmutter eine eigene kleine Wohnung. Als sie sie das erste Mal betrat, war sie überwältigt. Enzo hatte die Wohnung nach seinen Vorstellungen gestaltet. Viele seiner Zeichnungen und Bilder zierten die Wände. Die ganze Wohnung glich einem Atelier. Es gab so viele kleine Details, die eine ganz eigene Geschichte erzählten. Es war unglaublich, wie viel Talent er hatte.

Enzo kümmerte sich rührend um Lara. Er war einfach glücklich, sie bei sich zu haben und bestand darauf, dass sie sich oft genug ausruhte. Schließlich war sie noch nicht gesund, obwohl sie wirklich gute Fortschritte machte. Sie lief kleine Strecken schon ohne Krücke und war fast schmerzfrei. Jeden Tag besuchten sie Jakob und es war fast ein Wunder, wie schnell er sich erholte. Noch konnten die Ärzte nicht sagen, welche Beeinträchtigungen er vielleicht davongetragen haben könnte. Doch Jakob schien sich sowieso nicht darum zu scheren. Er lächelte jedes Mal, wenn er Lara und Enzo sah und konnte sogar schon seine Arme bewegen. Das Sprechen fiel ihm noch schwer, dennoch versuchte er immer wieder, einige Worte zu finden und es ging von Tag zu Tag besser.

An diesem Tag war es jedoch anders. Jakob war erstaunlich still. Nicht so fröhlich, wie er sonst wirkte. Er war ein Kämpfer, aber danach sah es heute nicht aus. Er schien traurig und nachdenklich zu sein. Als Lara ihn fragte, was er denn habe, sah Jakob sie zuerst nur unsicher an.

„Lukas. Ich weiß nicht, warum ich hier bin, aber warum besucht er mich nicht?", brachte er mühsam heraus.

Lara sah Enzo erschrocken an. Jakob bemerkte ihren verstörten Blick und sah sie fragend an.

Plötzlich stand sie auf und zog Enzo mit sich hinaus.

„Wir können es ihm nicht sagen, nicht in seinem Zustand! Dr. Lambert, wir müssen mit ihm reden!" Glücklicherweise fanden sie ihn in seinem Arztzimmer und erklärten ihm die neue Situation. Auch er war der Meinung, dass es zu früh war, ihn damit zu konfrontieren.

Als sie zurück in Jakobs Zimmer kamen, schaute er nachdenklich aus dem Fenster.

„Was ist passiert?", fragte er langsam.

„Jakob, du solltest dich jetzt ausruhen. Wir kommen dich morgen wieder besuchen, ja?" Lara kam sich so schäbig vor und Jakob ließ es ihr nicht durchgehen. Als sie sich mit einem Kuss von ihm verabschieden wollte, hielt er sie fest. Er sagte nichts, aber das musste er auch nicht. Lara wusste, dass sie nicht gehen konnte, ohne mit ihm zu reden.

„Jakob…ich weiß nicht, wie ich es sagen soll…es ist schwierig." Hilfesuchend sah sie sich zu Enzo um. Der senkte den Kopf, gab ihr aber zu verstehen, dass sie ihm trotz aller Bedenken die Wahrheit sagen musste.

„Wir alle hatten einen Unfall…du bist schwer verletzt worden…und Lukas…Jakob, er hat es nicht geschafft."

Ihre Stimme zitterte und sie hatte Angst, dass sie einen großen Fehler begangen hatte. Jakob starrte vor sich hin. Er reagierte überhaupt nicht. Panisch schaute Lara auf das Überwachungsgerät. Nichts. Es blieb ruhig. Jakob blieb ruhig. Hatte er einen Schock erlitten? Gott, was hatte sie nur getan? Sofort drückte sie den Alarm und eine Schwester kam herein und schickte Lara und Enzo aus dem Zimmer.

Lara machte sich schwere Vorwürfe. Als Enzo der Schwester erklärte, was geschehen war, antwortete die, dass es ihm soweit gut ginge, sie ihm aber etwas zur Beruhigung gegeben hätte.

Um Lara etwas abzulenken, lud Enzo sie zum Essen in sein Lieblingsrestaurant ein. Sie war dankbar dafür und genoss es einfach, mit ihm zusammen zu sein. Zu viel war in letzter Zeit über sie hereingebrochen, zu viel, um es ohne Hilfe zu bewältigen. Es fiel ihr schwer, doch mit Enzo schaffte sie es, für wenige Stunden einfach die chaotischen Gedanken zu verdrängen.

Bei dem wunderbaren Essen und dem herrlichen Ambiente des kleinen Restaurants im Wald war es leicht, auf andere Gedanken zu kommen. Lara fühlte sich befreit wie selten zuvor und wusste, dass sie es Enzo zu verdanken hatte. So gerne würde sie einfach hierbleiben und die Zeit mit ihm genießen, doch sie war sich dessen bewusst, dass sie eine Entscheidung für ihre Zukunft treffen musste. Sie wusste nur eins ganz sicher, das Jurastudium war nicht ihre Zukunft und irgendwie musste sie das ihren Eltern schonend beibringen.

Sie telefonierten fast jeden Tag, und wenn sie ihrem Vater Glauben schenken konnte, ging es ihrer Mutter noch nicht besonders gut. Verständlicherweise. Sie hatte noch nicht wieder gearbeitet, seit sie nach Hause zurückgekommen waren. Es musste ihr also wirklich sehr schlecht gehen. In ihrem momentanen Zustand konnte Lara ihre Mutter nicht auch noch damit belasten, ihre Zukunftspläne ändern zu wollen.

„Du bist schon wieder in Gedanken, Süße", sagte Enzo und lächelte Lara an. Sie hatte nicht bemerkt, dass sie schon eine Weile in das angrenzende Waldstück geschaut hatte, ohne etwas zu sagen.

„Ich habe noch eine Überraschung für dich, natürlich nur, wenn du möchtest."

Lara sah ihn herausfordernd an.

Der lachte auf. „Das hatte ich zwar nicht gemeint, also nicht gleich…" Jetzt begann Lara zu lachen, weil sie ihn offensichtlich in Verlegenheit gebracht hatte. Enzo verdrehte die Augen. „Mein Semester beginnt erst in zwei Wochen und ich würde dich gerne noch einmal entführen, um von allem etwas Abstand zu gewinnen. Was hältst du von einer Art Kulturreise nach Versailles und an die Loire?"

Lara machte einen freudigen Seufzer. „Das wäre einfach wunderbar. Aber ich weiß nicht, ob ich nicht lieber nach Hause fahren sollte…"

„Lara, lass deinen Eltern die Zeit, die sie brauchen und nimm du dir deine."

Enzo hatte recht. Sie konnte nichts tun und ihre Mutter musste sich mit der neuen Lebenssituation anfreunden, so schwer es ihr auch fiel. Wenn sich alles etwas beruhigt hatte, würde sicher die Zeit kommen, in der sie über alles reden konnten.

„In Ordnung. Lass uns fahren. Am liebsten sofort!" Lara nahm seine Hand und sah ihn voller Liebe dankbar an.

„Jetzt sofort fahren wir zurück! Ich muss unbedingt auf dein Angebot von vorhin zurückkommen!" Hand in Hand lief das Paar zum Wagen, verliebt, glücklich…

*

Bevor sie am nächsten Tag losfuhren, besuchten sie Jakob noch einmal. Lara wurde nervös, als sie in sein Zimmer kamen. Sie hatte Angst, ihm mit der Todesnachricht von Lukas sehr geschadet zu haben und dass sich sein Zustand wieder verschlechtert hatte. Und tatsächlich lag Jakob im Bett und starrte zur Decke. Sein Gesicht war nicht mehr so rosig wie noch am Tag zuvor. Er reagierte nicht auf Lara, auch nicht, als sie ihn liebevoll auf die Stirn küsste. Sie saß lange bei ihm, ohne etwas zu sagen, und sie bemerkte nicht, wie Dr. Lambert das Zimmer betrat. Erst als er sie ansprach, schreckte sie hoch.

„Geben Sie ihm einfach etwas Zeit", meinte er fürsorglich.

Während der Fahrt schwieg Lara. Was hatte sie erwartet? Dass Jakob den Verlust seines Freundes einfach verstehen und akzeptieren würde? Es war unglaublich schwer, ihn so zu sehen, zumal sie noch vor wenigen Tagen Sorge gehabt hatte, auch ihn zu verlieren…

Als Enzo den Wagen stoppte, sah Lara auf. Er hatte auf einer Anhöhe gehalten und bat sie auszusteigen. Vor ihnen lag ein riesiger, herrlich angelegter parkähnlicher Garten und im Hintergrund richtete sich das mächtigste Schloss Frankreichs anmutig auf…Versailles. Lara war begeistert. Sie hatte schon viele Bilder, Dokumentationen und Filme über den Sitz des einstigen Sonnenkönigs Ludwig des XIV. gesehen und noch mehr darüber gelesen, aber jetzt hier zu sein und die Geschichte förmlich mit den Händen greifen zu können, ließ Laras Herz höher schlagen. Ergriffen ließ sie ihren Blick über das wunderschöne Gelände schweifen. Ein solch fulminantes Bauwerk war schlichtweg überwältigend.

Enzo konnte den Blick nicht von Lara lassen, als sie das Schlossgelände betraten. Sie war gefangen in ihrer eigenen Faszination und der Geschichte und er spürte, wie viel sie damit verband, wie interessiert und wissbegierig sie auf jedes noch so kleine Detail achtete und es förmlich in sich aufsog. Sie ging darin auf, alles über längst vergangene Zeiten zu erfahren, und es war bemerkenswert, wie viel sie darüber wusste, obwohl sie noch nie hier gewesen war. Mit jeder Minute liebte er diese Frau mehr, ihren Enthusiasmus, ihre

Begeisterung, ihre Liebenswürdigkeit und Hingabe, ihre Selbstlosigkeit und Dankbarkeit für alles, was sie erleben durfte und für ihre kindliche und gleichzeitig sinnliche Schönheit. Wenn sie ihrer Großmutter wirklich so sehr ähnelte, verstand er Jacques und auch Hugo, die sich beide der Liebe zu Lotti nicht hatten entziehen können, auch wenn es so tragisch geendet hatte…

Lara war einfach nur glücklich in diesem Moment und das war alles, was für Enzo zählte. Als sie später etwas aßen, bekam Lara vor lauter Begeisterung über die Führung kaum einen Bissen hinunter. Immer wieder erzählte sie ihm, wie faszinierend sie Versailles fand, wie unglaublich glamourös der Sonnenkönig gelebt hatte und wie unfassbar schwierig diese Lebensweise gleichzeitig für sein Volk gewesen sein musste. Enzo blieb nichts anderes übrig, als sie mit einem Kuss zum Schweigen zu bringen, damit sie nicht vergaß zu essen. Lara lächelte ihn glücklich an. „Danke. Von Herzen danke", sagte sie und die Liebe in ihren Worten war nicht zu überhören.

Die kommenden Tage verbrachten die beiden am Flusslauf der Loire. Unzählige Schlösser und Burgen säumten den größten Strom Frankreichs. Sie besichtigten einige davon und jeden Abend genossen sie den Ausblick am Ufer der Loire. Für den letzten Tag hatte Enzo sich noch etwas Besonderes einfallen lassen.

Er befuhr eine schmale Straße etwas abseits des Flusslaufes. Wenig später hielt er den Wagen vor einem verhältnismäßig kleinen Schloss an. Die beiden stiegen aus und Enzo schlang die Arme um Lara. Er flüsterte ihr ins Ohr: „Das ist Schloss Amboise. König Karl VIII. hat es bis zu seinem Tod bewohnt und es im Stil der Renaissance umbauen lassen. Ich war vor vielen Jahren schon einmal hier und war so begeistert, dass ich es dir unbedingt zeigen wollte. Das Schloss hat nämlich noch eine wunderbare Besonderheit." Lara wurde neugierig. Enzo nahm sie an die Hand, um das Museum zu besichtigen. Als sie das Gebäude wieder verließen, zeigte er auf ein Herrenhaus, welches unweit des Schlosses stand.

Lara sah ihn fragend an. „Das ist das Schloss Clos Lucé, das Wohnhaus von Leonardo", beantwortete Enzo ihren Blick.

„Leonardo da Vinci?", fragte Lara verdutzt nach.

Er lachte. „Ja, mein Schatz, hier hat er die letzten drei Jahre seines Lebens verbracht und wahnsinnig interessante Zeichnungen und Entwürfe hinterlassen."

Jetzt schien er vollkommen in seinem Element. Obwohl er es schon einmal gesehen hatte, war er so fasziniert von den Arbeiten des Künstlers, dass es Lara regelrecht spüren konnte. Wenn man sich ein wenig Zeit zum Innehalten ließ, konnte man die Seele dieses

Gebäudes und des Künstlers noch immer fühlen. Solch eine intensive Erfahrung hatte Lara noch nie gemacht. Sie stellte sich vor, wie da Vinci an seinem Tisch saß und aß, vor seiner Staffelei kniete und malte und wie er in einem der herrlichen Sessel lag und sich neue Ideen in seinem Kopf formten. Sogar eine Kopie der Mona Lisa schmückte die Wand eines der zahlreichen Zimmer, die der Künstler vor mehr als 500 Jahren bewohnt hatte.

Auch als das Paar später in einer kleinen Pension eingekehrt war und vor dem Abendessen noch einen kleinen Spaziergang machte, war das Erlebte noch greifbar nah. Die Landschaft war einfach so herrlich, dass Lara sich gar nicht vorstellen wollte, bald wieder nach Hause fahren zu müssen. Auch wegen des morgigen Tages hatte sie einige Bedenken. Es war Camilles Geburtstag und die wollte gerne, dass Enzo mit dabei war. Lara selbst fühlte sich aber nicht ganz wohl, bei dem Fest ebenfalls anwesend sein zu müssen. Es fühlte sich etwas merkwürdig an. Seit Camille ihr und ihren Eltern Lottis Geschichte erzählt hatte, hatten sie nicht wieder darüber gesprochen. Noch immer hatte Lara nicht ganz begriffen, dass es sich bei der Frau in ihrer Erzählung wirklich um ihre eigene Großmutter handelte. Es war verwirrend und faszinierend zugleich…

Lara kam nur mit einem Handtuch bekleidet aus dem Badezimmer. Enzo lag auf dem Bett und las. Als er sie sah, stockte ihm für einen Moment der Atem. Sie sah aus wie ein Engel. Lara lief betont langsam auf ihn zu und lächelte ihn an. Ihm fiel sofort auf, wie sehr sie sich bemühte, gerade zu gehen.

„Es klappt schon ganz gut, oder?", fragte Lara, als sie Enzos Blick sah. In den letzten Tagen hatte sie fast ganz auf die Krücke verzichten können und sie war stolz darauf. Er war es natürlich auch, aber er war irgendwie abgelenkt. Er schnappte sie kurzerhand und zog sie zu sich aufs Bett. Sie schrie auf, doch Enzo verschloss ihre Lippen und brachte sie damit zum Schweigen. Ihre Lippen waren warm, süß und hinreißend zart. Ihre noch feuchte Haut so verführerisch weich, dass es ihm unmöglich war, sie nicht überall zu berühren. Als ihre nackte Haut seine wie zufällig streifte, durchfuhr ihn ein unbeschreibliches Kribbeln. Er zog sie so fest an sich, als wollte er sie nie wieder loslassen. Sein Verlangen nach ihr war unbeschreiblich. In diesem Moment wurde ihm klar, was wahre Liebe wirklich bedeutete. Dieses Glücksgefühl durchströmte seinen Körper, den er nicht mehr unter Kontrolle hatte. Er ließ sich treiben von der Sehnsucht nach dieser wunderbaren Frau, von der unbändigen Lust auf die Vereinigung mit ihrem unwiderstehlichen Körper und ihrer Seele, um eins mit ihr sein zu können...ihr Atem ging schnell, ihre fordernden Lippen, Hände und das lustvolle Aufbäumen ihres Körper verrieten ihm, dass es ihr erging wie ihm selbst. Es gab kein Zurück, die Flammen der Lust waren entfacht und nicht mehr einzudämmen…sie nahm ihn in sich auf, stöhnte, als er sie mit immer schneller werdenden Bewegungen an den Rand des irdischen Bewusstseins trieb und sich die unfassbare Energie der beiden in einem befreienden Aufschrei gleichzeitig entlud…

Noch lange sahen sie sich einfach in die Augen, lasen in der Seele des jeweils anderen und erahnten, dass sie in diesem Leben niemals wieder voneinander lassen konnten…

24

Am späten Nachmittag kamen Lara und Enzo auf dem Gut an. Es war alles geschmückt, überall hingen Lampions, im Garten stand ein großer Tisch, der liebevoll dekoriert war, und wo das Auge hinreichte, gab es Blumen in den schönsten Farben. Camille feierte ihren 80. Geburtstag und erwartete offenbar sehr viel Besuch. Lara wurde etwas mulmig zumute. Sie wusste nicht recht, wie sie sich verhalten sollte, wenn sie Enzos große Familie kennenlernen sollte. Aber diese Angst wurde ihr sofort genommen, als sie mit ihm in den Garten kam und zwei kleine Mädchen auf sie zurannten. Sie redeten auf sie beide ein und Lara verstand kein Wort. Auch Enzo zuckte nur mit den Schultern und ließ sich, wie Lara, von den beiden mitziehen. Die Mädchen baten ihn, sie auf die Schaukel zu setzen und sie anzuschieben. Lara lachte und hatte Spaß daran. Wenig später sah sie Camille auf sich zukommen. Nachdem Enzo sie in den Arm genommen und ihr gratuliert hatte, kam sie zu Lara.

„Ich finde es wunderbar, dass du heute mit uns feierst. Schön, dass du da bist", sagte Camille und sah sie freundlich an.

„Ich wünsche Ihnen von Herzen alles Liebe zu Ihrem Geburtstag und danke Ihnen, hier sein zu dürfen", antwortete Lara.

Camille lachte auf. „Ich fände es sehr schön, wenn wir das Sie weglassen könnten. Ich bin jetzt offiziell zu alt für solche Förmlichkeiten." Lara lächelte und nickte. „Sehr gerne, Camille."

„Ich möchte dir etwas zeigen, würdest du mich begleiten?", fragte Camille und tat dabei sehr geheimnisvoll. Ohne zu antworten, aber dennoch ein wenig nervös ging Lara mit ihr.

Als sie gemeinsam das Haus betraten, sog Lara hörbar die Luft ein. Sie begann am ganzen Körper zu zittern und Tränen liefen unkontrolliert über ihre Wangen. Camille nahm sie beschützend an den Schultern.

„Ich dachte, du würdest gerne meine Überraschung mit mir teilen…"

Jakob saß vor ihr in einem Rollstuhl. Er lächelte sie mit seiner so typischen und liebgewonnenen Mimik an und hielt ihr die Hände entgegen. Lara konnte nicht anders, als auf ihn zuzulaufen und ihn stürmisch zu umarmen.

„Nicht ganz so wild, ich bin noch ein wenig gehandicapt", protestierte Jakob und lachte laut auf. „Gott, habe ich dich vermisst, mein kleiner Wirbelwind!"

„Du kannst wieder sprechen und dich bewegen und…und du bist nicht mehr ans Bett gefesselt…". Lara war überwältigt. Sie konnte ihr Glück kaum fassen. All ihre Gebete waren erhört worden…Jakob war wieder unter den Lebenden und fast wieder ganz der Alte.

„Du kennst mich besser als jeder andere. Ich bin ein Kämpfer und ich werde verdammt noch mal nicht zulassen, dass mein Körper mir den Dienst versagt!" Auch Jakob hatte Tränen in den Augen. Sie wussten beide, wie nah sie dem Tod gewesen waren und wie dankbar sie sein mussten, sich nicht verloren zu haben.

Camille stand sichtlich gerührt neben den beiden. Und als Lara aufstand, um sich bei ihr zu bedanken, winkte sie ab. „Nicht mir musst du danken, die beiden haben Jakob mit hierher gebracht." Und da bemerkte Lara erst ihre Eltern. Schluchzend fiel sie ihnen in die Arme. Sie weinten…alle, aber endlich waren es Tränen der Freude und des Glücks, wieder beisammen zu sein.

Als sie sich etwas gefasst hatte, fragte sie ihre Mutter nach ihrem Befinden. Sie sah deutlich besser aus als bei ihrer Abreise vor zwei Wochen.

„Es geht mir besser, mein Schatz. Ich habe lange gebraucht, um zu verstehen, dass mein bisheriges Leben nicht das war, was ich dachte. Du weißt, wie sehr ich versucht habe, die Liebe meiner Mutter zu gewinnen und wie schwer es mir gefallen ist zu verstehen, dass Lotti mir gegenüber immer so verschlossen war. Ganz anders als bei dir. Deshalb verstand ich auch nicht, warum sie dir gesagt hatte, dass sie mich liebt und es immer getan hat, bevor sie starb. Warum konnte sie es mir zu Lebzeiten nicht zeigen? Jetzt, nachdem wir ihre Lebensgeschichte auf eine etwas verwirrende Art und Weise kennengelernt haben, kann ich sie verstehen. Sehr gut sogar und ich würde alles dafür geben, noch einmal mit ihr darüber reden zu können. Ich hätte mir so gewünscht, alles von ihr zu erfahren, doch ich kann sehr gut nachvollziehen, warum sie geschwiegen hat. Wie hätte sie ihrem Kind auch erklären sollen, dass sein Vater, der ebenfalls nicht zimperlich mit ihr umgegangen ist, nicht sein Vater ist? Sondern ein Mann aus einem fremden Land, ein Mann, der einen anderen getötet und sich dann selbst gerichtet hat? Wie hätte Lotti mir all das je erklären sollen, ohne meine Welt komplett aus den Fugen zu reißen? Ich hätte ihr vermutlich nicht geglaubt, ganz sicher hätte ich das nicht getan. Welches Kind möchte so etwas schon hören? In den letzten beiden Wochen habe ich gelernt, die Dinge aus verschiedenen Blickwinkeln zu betrachten und nicht nur auf der eigenen Gefühlsebene zu verarbeiten. Ich habe mich in das Leben meiner Mutter hineingefühlt und versucht, es aus ihrer Sicht zu empfinden. Es hat mir solchen seelischen Schmerz zugefügt, sie hat ihr Leben lang so viel gelitten und ihr Leben mit Menschen verbracht, die es nicht einmal verdient hatten, in ihrer Nähe zu sein. Und dennoch hat sie an ihrem Wunsch festgehalten, ihren geliebten Jacques wiederzusehen, auch wenn sie ihren Sohn zurücklassen musste. Das hat ihr sicher das Herz gebrochen, aber jetzt weiß ich, es war ihre einzige Möglichkeit gewesen zu überleben und nicht unter ihren Schwiegereltern und ihrem Mann vollkommen zu verkümmern. Ich wünschte, Hans hätte ihre Geschichte gekannt und verstanden, dass sie nicht anders hatte handeln können. Vielleicht wäre er ihr sogar dankbar gewesen, dass sie zurückgekommen war, wer weiß... Sie war eine sehr starke Frau, und ich bin dankbar und stolz, ihre Tochter zu sein, ich habe sie von Herzen geliebt und ich weiß, sie liebte auch mich... Was meinen Vater betrifft...", Viola holte tief Luft..., „Wilhelm war mein Vater, er hat mich in meinem Leben begleitet, so gut es ihm möglich war...und dennoch würde ich gerne mehr über meinen leiblichen Vater und somit auch meine Familie erfahren."

Camille kam auf Viola zu und schloss sie in die Arme. „Ich bin so unglaublich dankbar für die Fügung des Schicksals, welche uns zusammengebracht hat. Auch wenn die Umstände sehr traurig waren. Da ich als Kind von Hugos Eltern adoptiert wurde, bin ich zwar nicht deine richtige Tante, aber im Herzen bin ich es doch und ich kann dir alles über deine Familie erzählen, wenn du möchtest."

Viola legte ihre Hände auf die Brust und schloss die Augen für einen Augenblick. Man spürte, wie sehr sie mit ihren Gefühlen haderte, aber sie schien bereit, alles auf sich zukommen zu lassen und sich mit ihrer Vergangenheit auseinanderzusetzen.

„Ich bin mir sicher, Lotti wäre glücklich, uns alle so zu sehen und vor allem, die Liebe zwischen Lara und Enzo zu spüren", sagte Camille unter Tränen.
„Lara, du bist ihr so unglaublich ähnlich. Bitte folge deinen Träumen und Sehnsüchten, so wie es deine Großmutter getan hat." Lara umfasste fest Lottis Kette und versprach es.

Endlich hatte sich der Kreis geschlossen…

Mutterlüge

Dankeschön!

Ich möchte mich in erster Linie bei meiner Familie bedanken, deren ganz eigene Geschichte mich zu diesem Buch inspiriert hat.

Ich danke meinen Kindern und meinem Mann, die immer wieder Verständnis für mein Hobby aufbringen und mir etwas Zeit zum Schreiben lassen.

Weiterhin bedanke ich mich bei meiner lieben Heidi, die bisher jedes meiner Bücher korrigiert und lektoriert hat. Ohne sie wäre keins meiner Bücher in Ihre Hände gelangt, liebe Leser. Danke schön!

Das bringt mich zu Ihnen, meinen mittlerweile schon treuen Lesern. Ich danke Ihnen von Herzen für Ihr Vertrauen und Ihre Verrücktheit, immer neue Geschichten von mir lesen zu wollen. Sie motivieren mich, nicht aufzuhören und dafür bin ich Ihnen sehr dankbar.

Ein ganz besonderer Dank gilt natürlich nicht zuletzt meinem lieben Freund und Kollegen Heiko Banz, der sich wieder voller Enthusiasmus und sehr liebevoll um das Buchcover gekümmert hat.

Danke, Ihr Lieben!

Mutterlüge

257

Mutterlüge

258

Weitere Bücher der Autorin, ebenfalls erschienen bei BoD:

„Traumleuchten" 2014
ISBN: 978-3-735-74029-8

„Seelentrost" 2014
ISBN: 978-3-738-60735-2

„Un(d)endlich ich!" 2015
IBSN: 978-3-734-78486-6

„Tor zur Vergangenheit" 2016
ISBN: 978-3-738-63390-0

„Finde mich!" 2017
ISBN: 978-3-743-16654-7

Mutterlüge

260

Lektorat und Korrektorat:

Adelheid Deschner, Brünn, Thüringen

Covergestaltung und Design:

Heiko Banz, Walldorf, Thüringen

Mutterlüge

262

© 2018

Herstellung und Verlag: BoD – Books on Demand, Norderstedt.

ISBN: 978-3-7528-5197-7

FSC
www.fsc.org

MIX

Papier aus ver-
antwortungsvollen
Quellen
Paper from
responsible sources

FSC® C105338

Mutterlüge